JN012820

恋なんかじゃない

極上ドクターの溺愛戦略

★

ルネッタブックス

CONTENTS

Lunetta

プロローグ

「先生、お菓子いかがですか？」

突然差し出された手から菓子を受け取って、声の主に視線を向ける。

パッと見て、果物の桃を連想した。珍しいほど血色の良い色白の肌。目鼻の配置は地味目だが悪くない。それよりも、あたたかい灯《ともしび》のような控えめな笑顔に一瞬惹《ひ》かれた。

疲労がマックスになった週末の当直業務は割と地獄だ。昨夜の睡眠は三時間。今日の午後五時になれば、家のベッドで睡眠を貪れるはず。

疲労だけが蓄積する毎日の繰り返しで、もう何年も恋愛などしていない。美しい女性を前にしてもときめかないし、心も動かない。そんな枯れきった目に飛び込んできた君は、ウサギみたいに無垢《むく》に見えた。

俺は君に恋をしても良いのかい？　それとも……。

第一章　恋なんかじゃない

僕は恋なんかしていない、それを忘れないで。ただ、僕が通過するだけのばかげた時期なんだ。

古い洋楽にこんな歌詞があった。母が好きで、ドライブの時によく聞いていた曲だ。子供だった綾優《あゆ》は、歌詞の意味も分からずに、『ふんふんふ、ふ――ん』と、ズレた音程で歌っていた。

（そう……私は彼に恋なんかしていない）

数ミリグラムほどの、生理活性物質《ホルモン》のちょっとしたバランスの違いで、自分らしくない行動に走っているだけ。でなきゃ、こんなことをしている理由を説明できない。


三月の最後の週、八年間勤めた病院を退職することになった井沢《いざわ》綾優は、同じ時期に退職する人たちと共に、病棟主催の送別会に招かれていた。

綾優の他に看護師や医師の数人が移動するので、医師二名、看護師三名と事務一名の、計六人が上座に腰をかけていた。

できるだけ隅の席を選んで座っていた綾優の隣には、移動する医師の濱本祐光《はまもとゆうこう》が座っている。

濱本は消化器外科医だ。苦手な分野がないオールマイティーな医師で、腕が良いと評判だった。

内科系の病棟事務をしていた綾優にとっては、たまにメールで問い合わせをするくらいで、会話を交わした記憶もほとんどない。

送別会の席で、何となく居心地悪い思いをしている綾優に、気を使ってくれるのか、色々と話しかけてくる。

「井沢さんだっけ、転職するの？」

「いいえ。実家に帰って、祖母の世話をしようと思っています」

「へぇ？　実家ってどこ？」

「U市の〇〇町です。ここから高速で三時間くらいの場所にあります」

綾優の故郷は、四国の最南端にある小さな町だ。柑橘《かんきつ》の栽培が盛んで、祖母もミカン山を所有している。

両親は、数年前に事故で亡くなった。唯一の家族である祖母は、高齢で心臓が弱く、そろそろ介護が必要な年齢だ。

実家に帰った折々に、弱ってくる祖母を見るにつれ、側にいてやりたいという思いが日増しに強くなった。そうして今回、実家に帰ることになったのだった。

「そこって、市内に近い？　俺は同市の市立病院に行くのよ」

「先生、車で一時間の距離です。まぁ……近いですね」

近くても何だと言うのだろう？　退職してしまえば、もう関わり合いのない人だ。それも承知の会話なのだろうと思い、綾優も気を使うこともなく話ができた。

医師には珍しく、気づかいをしてくれる優しい濱本を、良い人だな。などと思っていた。

ビールが終わりかけた濱本に、

「生中もう一杯注文しましょうか？」と声を掛ける。

「井沢さんこそ。えっ、ウーロン茶？　もしかしてお酒飲めないの？」

「飲めなくはないんですが、私は極端にお酒に弱いんです」

「今日は主役だから、少しは飲んでもいいんじゃない？」

濱本に勧められて、断りづらくなってしまった。

「じゃぁ、一杯だけ」

綾優が答えると、濱本は店員を呼び、嬉《うれ》しそうに生を二杯頼んだ。


濱本祐光。お堅いオジサンみたいな名前の医師は、二十代後半から三十代前半の年齢に見える。身長が高く鼻筋の通った、いわゆるイケメン顔の素敵な人だ。院内の女性に人気があったのを綾優は知っている。

人気のある若手の医師の中には、院内で遊びまくるタイプと、堅実な結婚をするタイプとに分かれる。濱本は鷹揚《おうよう》で物馴《ものな》れた大人の雰囲気を纏《まと》っていて、どう見ても後者のようだ。

（きっと、遊び人じゃないよね？　結婚はしていないらしいけれど、彼女はいるんだろうなあ……）

実は、愛優は濱本に少しだけ憧れを抱いていた。しかしそれは現実味のない淡い感情だ。医師と事務職員との間に、恋愛関係など生じないことくらい愛優にも分かっていた。

一杯目のビールを飲み終わるころには、すでに綾優はホロ酔いで、心臓がドキドキしてきた。やはりビールを断っておけばよかったと少し不安になってくる。

胸を押さえてうつむいていると、濱本が心配そうにこちらに視線を向ける。

「どうしたの？」

「ちょっと酔ったみたいで、心臓がすごくドキドキしています」

そう答えると、濱本は綾優の顔をまじまじと見つめた。

「ちょっと良いかな？」

「え？」

答えも待たずに、綾優の手をとり脈を診《み》る。

「早いね」

眉をひそめて、真剣な表情で手首を握るので、ドキドキよりもトキメキが募りそうだ。

濱本の手は温かくて、少しごつごつとした手触りだった。手首は、皮膚が薄くてとても敏感な場所だ。無骨な指が優しく撫《な》でるものだから、確実に動悸《どうき》が激しくなる。

「あれっ、二人で何をしているの？」

濱本の隣に座っていた病棟看護師が、それを見て騒ぎ出した。

「やだ先生！　井沢ちゃんに手をだしちゃダメよ」

大きな声で囃《はや》し立てる。

「イヤ、脈を」

そう答えながら、濱本もニヤニヤと笑う。

「アルコール分解酵素の働きが弱いんだね。でも、大丈夫だよ。……あれっ、井沢さん、顔が桃みたいな色になっている。すごいな」

綾優の顔を覗《のぞ》き込んで、濱本は桃みたいだと微笑《ほほえ》む。血色が良すぎることは綾優の悩みの一つだけに、そう言われると恥ずかしくなってきた。ましてや、男性に手を握られるなんて普段では絶対にないことだから、ますます収拾のつかない顔の色になりそうだ。それを隠すために、わざと平気を装って自虐的な昔話を始めた。

「学生の頃、よく言われていました。桃太郎って」

「……」

濱本がプッと吹く。

「桃太郎って、微妙……と言うか、嬉しくないよね?」

「ええ、まぁ、その通りですね」

「それも、太郎って……」

また吹き出した。どうも桃太郎話が濱本の笑いのツボにハマったようだ。

「ショートカットで小太りの、まるで男の子みたいだったんです。だから、太郎」

なんだって自分はこんな席で、子供の頃の古傷を自ら抉《えぐ》っているんだろう? 我ながら自虐趣味がすぎると情けなくなってきた。

しかし、桃太郎話が功を奏したのか、その後は誰にもお酒を勧められずウーロン茶を飲んでやり過ごすことができた。

会も終わりに近づくと、悪酔いする参加者がチラホラ出てくる。なんとなく雰囲気が荒れてきた頃、会がお開きになった。

綾優は明日引っ越しをする予定だったので、二次会を辞退してタクシーを呼んでもらった。乗り込んで行き先を知らせようとした時、いきなり後部座背のドアが開いた。

「先生？」

濱本が、すました顔で車内に入って来た。

「悪い、同乗させて。看護師に絡まれて困っているんだ」

「……あ、はい」

そういう理由なら仕方がない。

「先生、どこまで行ってもらいましょうか？」

濱本が口を開こうとしたその時、また後部座席のドアが乱暴に開かれて、看護師の佐々木《ささき》がいきなり入って来た。

「ヤダー先生、逃げちゃダメぇ」

佐々木は綾優が担当していた病棟の中堅看護師で、酒癖が悪いと噂《うわさ》の人だった。お酒を飲むと、男性なら誰にでも絡んで誘うので、男女両方から避けられている人だ。

今夜はかなりの量を飲んでいる様子で、目がすわっている。

「お客さん、どこに行けば良いんですか？」

運転手が迷惑そうに言う。

「佐々木さん、ご自宅はどこですか？」

綾優が看護師に住所を尋ねたが、全く返事をしてくれない。それどころか、車内で騒ぎ出した。

「まだ飲むの！　ウルサイなあ」

(怒っているのかな？　どうしよう……)

困っていると、濱本がスマホでどこかに電話をし始めた。

「濱本です。すみません、看護師の佐々木さんを家まで送りたいのですが、自宅の住所を教えてください……ええ、酔っ払ってしまって……」

病院に電話をして、当直事務に聞いてくれたのだと気がつく。病院では突然の呼び出しがあるので、医師や看護師、事務までもが、住所や電話番号を把握されている。

「すみません、○○町三の十五までお願いします」

濱本の声で、やっとタクシーが動き出した。

小さなマンションの前でタクシーを降りたが、タクシーに揺られている間に佐々木が酔いつぶれて歩けなくなったので、二人で部屋まで運ぶ羽目になった。

「佐々木さんすみません、鍵を探しますね」

綾優は声をかけて佐々木のバッグを開け、鈴の付いた鍵を見つける。濱本が佐々木に肩を貸しているので、綾優が解錠して灯《あか》りをつけた。ワンルームの部屋は、足の踏み場がないほどに雑然としていたが、なんとかベッドまで佐々木を運び上着を脱がせて横たえることができた。

「ふーっ」

濱本がやれやれと言う表情で佐々木を見下ろす。アルコールに弱い綾優は、動いたせいで酔いが回って少し気分が悪くなってきた。

(やっぱり飲むんじゃなかったな)

当の佐々木は、ベッドで軽くいびきをかいて寝ている。呑気《のんき》な酔っ払いが恨めしい。

「これでよし。井沢さん帰りますか?」

濱本に声をかけられて部屋を出る。

「鍵がかかっていないのは、不用心だよね」

そう言うと、病棟に電話をして、深夜勤で帰宅する看護師に佐々木のマンションに寄ってもらうように話をつけた。

濱本が電話をしている間、綾優は自販機にもたれ目を閉じていた。濱本が水を買い手渡してくれる。火照った頬《ほお》にペットボトルを押し当てると、冷たくて気持ちが良かった。

濱本は少し離れた場所で何件かのタクシー会社に電話をしていたが、週末のせいか中々つかまらない。しばらくして、タクシーがつかまったのか、こちらに駆け寄ってきた。

「流している運転手に連絡して、車をよこしてくれるそうだよ」

「……はい」

返事をした綾優の顔を心配そうに覗き込む。

「大丈夫？　……じゃなさそうだね」

気分が悪くて俯《うつむ》く綾優を、いきなり左腕で抱き寄せた。

「悪かったね、飲めないのに無理やり飲ませて。おまけに、こんなことに巻き込んで」

抱き寄せられて驚いたけれど、胃がムカムカしすぎてそれどころではなかった。首を振って大丈夫だと伝えるのが精一杯だ。でも、濱本の腕の中が温かくて、心地よくて、ずっとこうしていたい……と綾優は感じていた。

（こういうシチュエーションには、調子のいい時に出会いたかったなぁ）

同じ病院に勤めていた憧れの人と、深夜の路上で身を寄せ合っているなんて、とても不思議な気分だ。

酔っている綾優にもおかしな状況だとは理解できる。退職した開放感とアルコールの作用で、完全に心が緩みきっていた。

そのせいだろうか、綾優はいつの間にか濱本にもたれかかって寝入ってしまった。

車の重いドアが閉まる音で目が覚めた。……とはいっても、完全には覚醒できていなくて、体も思うように動かない。

温かくて固い腕に抱きかかえられ、導かれるまま脚を動かした。

やがて、雑踏の音が消え、静かな室内にたどり着いたのが分かった。運び込まれた場所に腰を下ろしそのままズルズルと横たわると、体が楽になって自然と安堵《あんど》のため息が出る。

「大丈夫？　苦しくない？」

目を開けると、濱本がこちらを心配そうに見下ろしていた。

「大丈夫？」

「はい。横になると楽になりました」

「よかった。井沢さん、青い顔になって目を覚まさないから、本気で救急に連れて行こうかと思ったよ」

濱本が医師でなければ、救急病院に運ばれていたかもしれないと思い、少し笑みがこぼれた。本気で心配をしてくれたのだと嬉しくもあり、申し訳ない気持ちも湧いてくる。

「ご心配をおかけして、すみませんでした」

「いや、全然。お茶を淹《い》れてくるね」

そう言って部屋を出て行く。綾優は体を起こして室内を見渡した。隅に空っぽの段ボール箱が転がって、室内が雑然としている。引越しの準備の途中だったのだろう。自分の部屋も似たようなものだと、少しだけ親近感が生まれる。マグカップを持って戻ってきた濱本に、綾優は尋ねた。

「ここは、先生の……？」

「病院が借り受けていた俺の部屋だよ。井沢さんの家が分からなかったし、体調が悪いのを放っておくのも心配だったからね。今日はここで寝たらいいよ、明日送っていくから」

「そんな、ご迷惑をかけられません」

綾優が起き上がろうとすると、濱本は肩に手をやって押しとどめる。

「迷惑じゃないから大丈夫。ゆっくり休みなさい」

そう言って、部屋を出て行った。

アパートの住所も、病院に電話をすれば分かるのに……綾優は咄嗟《とっさ》にそう思ったのだが、さすがに口には出せなかった。

パーソナルスペースにいる濱本を見たのは今日が初めてだ。病院や飲食店で会話するのとは勝手が違うので、正直どうしていいのか分からなかった。だから、部屋を出て行ってくれて本当はホッとしていた。

もう同僚でもないし、医師だからと言って遜《へりくだ》る必要もないのだけれど、図々しいことはできない。おまけに、ここは濱本の寝室。本当は早く出て行かなくちゃいけないのに、体が怠《だる》く動くのが辛い。

それに、ゆったりしたキングサイズのベッドは、夢のように快適だ。柔らかくて軽い羽布団が掛けられているので寝心地も良いだろう。

疲れきっていた綾優の体は、このベッドから出たくない、このまま寝てしまいたい……。頭とは裏腹にそう感じていた。

気がつくと、薄暗い寝室に一人ぼっちで横たわっていた。あれから、結局寝入ってしまったみたいだ。朝なら当然明るいはずの窓の外はまだ暗い。

（今、何時だろう？）

明け方前なのだろうと思いながら起き上がると、頭痛や不快感は消えていた。ただ喉がカラカラに渇いている。立ち上がっても大丈夫そうだったので、水を求めて寝室を出た。

寝室から廊下へ、そして灯りの漏れるリビングへ進む。ドアを静かに開けると、間接照明の中に濱本がいた。ソファーに背中を預けてパソコンを操作している。

濱本がドアの開く音に気が付いて、ゆっくりと顔を上げこちらに視線を当てると『ああ』と言う顔で微笑む。

「顔色は……大丈夫そうだね」

「先生、ご迷惑をおかけして申し訳ありませんでした。あの……お水を頂いてもよろしいでしょうか？　喉が渇いてしまって」

「どうぞ座って。今、水を持ってくるから」

いそいそと世話を焼いてくれるので、綾優は申し訳ないと思いつつも甘えることにした。

柔らかいソファーは革製で、かなり上質なものに見える。

ベッドの寝心地も最高だったし、濱本は物の感触にこだわりを持つ人のようだ。綾優にはそれがとても好ましく感じられた。

「はい、どうぞ」

手渡されたのは、ミネラルウオーターのボトル。見たことのないラベルだった。

「これはどこのお水ですか？」

「フランスの微炭酸なんだ。微《かす》かに塩味がして美味《おい》しいんだよ。飲んでみて」

口に含むと、格別に柔らかい泡と微《かす》かに塩気のある水が口内に広がった。飲み込むと炭酸が喉に心地よい。

「おいしい」

「スーパーで偶然見つけたんだ。期待してなかったから、美味《うま》さに感動したよ。それからはネットで箱買いしている」

感動というと大袈裟《おおげさ》だけれど、濱本は嬉しそうに説明をしてくれる。綾優はその顔につられて、つい気安く話しかけた。

「先生は心地よさに貪欲なんですね」

何も考えずに思ったままを言葉にした。その時、濱本の柔和な眼差《まなざ》しが一瞬驚きに変わって、スッと元に戻った。

(もしかして私……踏み込みすぎた？)

体に残っていたアルコールが、一瞬に蒸発したような……恐ろしく冷えた気分になった。ボトルのキャップを閉めて立ち上がると、綾優は頭を下げた。

「あの……歩けるようになったのでタクシーで帰ります。お世話になりました」

「いや、俺が送っていくよ」

「そんな、ご迷惑でしょう。私、帰ります！」

バッグとコートを取り、急いで玄関に向かった。皺《しわ》くちゃの衣類で外に出るのは恥ずかしかったが、今すぐ帰らなくてはいけない。綾優はそんな思いに駆られていた。

靴を履きドアノブに手を掛けた時、追いかけて来た濱本に腕を取られて体が反転する。穏やかな物腰は影を潜めて、知らない男性がそこにいた。

「ごめん。もう少しここにいてほしい。俺が車で送るから……ね？」

濱本の必死な表情が不思議でならなかったけれど、嫌な感じはしなかった。彼の社会的立場や周りの評判が良いという理由だけではなく、何故《なぜ》そんな表情をしているのかを知りたかったのかもしれない。

この好奇心が災いを呼ぶのか、それとも何事もなく自宅に帰ることができるのか……綾優には予想もできなかった。靴を脱いでリビングのソファーに腰を掛けると、濱本も右隣に腰をかける。

柔らかなソファーが二人の重みでゆっくりと沈み、綾優の体は右に傾き自然と体が密着した。

薄手のセーター越しに濱本の体温が感じられ、綾優の冷えた体は解されていく。

ずっと無言だった濱本が、突然フッと笑った。綾優は顔を上げてその顔を窺《うかが》う。

「今、笑いました？」

「君の感触が心地よすぎて、どうしようかと思っていたんだ」

穏やかで魅力的な笑みを浮かべているが、目が笑っていない。その目からは秘めた情熱が見え隠れして、綾優の心臓は大きく鼓動した。

「自分で引き留めておいて、『どうしよう』ですか？」

挑発するつもりは全くなかった。会話をしていなければ、体が震えそうだったからおしゃべりをしていただけ。

「ごめん、ごめん」

笑いながら、口先だけの謝罪をする。

「……もう」

少し口を尖《とが》らせて、怒ったふりをすると、突然頭のてっぺんに温かい重さを感じた。顎を載せられたのだと分かった時には、長い腕が肩に回って、綾優は濱本にすっぽりと抱きしめられていた。

「ゴメン、暫《しばら》くこのままでいさせて」

（えっ……なっ、何故？）

驚きで固まる綾優の髪から腕、そして背中が優しく撫でられて、互いの体が密着する。胸の鼓動が耳に大きく響くけれど、それが自分のものなのか、濱本のものなのかさえ分からない。そんな奇妙な感覚に襲われて、綾優の頭はぼんやりとしてきた。

（帰らなくちゃ！）

身の危険を知らせる警報は、いま大きな音を鳴らしている。

それなのに、理性の声に反して、綾優の心と体はこのまま留《とど》まりたいと感じていた。

心臓が怖いくらいにドキドキして、何かに掴《つか》まらなくてはどうにかなりそうだ。両腕をそっと濱本の背中に移動させ、柔らかい薄手のセーターをギュッと掴んだ。

それが合図になったのか？　少し体を離した濱本は綾優の顔をしげしげと見つめ……そして、唇を近づけた。

重なる寸前で額を合わせると、綾優に尋ねた。

「いい？」

何か言わなくてはいけないの？　綾優が答えに困っている間に、温かい唇がそっと落ちてきた。いつも鷹揚に構えている人が、別人みたいに色気を放出する様を間近で目撃して、綾優は圧倒されていた。

（もしかして私、今日ここでしちゃうの？）

そんな下品な言葉が頭をよぎる。濱本のキスを受け止めながら、綾優は『この人となら良いかも……』と思っていた。

それに、近隣の病院に赴任するにしても、もう会うことはないだろう。綾優がそんな思いをめぐらせている間にも、濱本のキスは深くなる。忙《せわ》しなく口腔《こうこう》を探り、舌を強く吸われ唾液が唇の端から流れ出てくる。

気持ち悪い？　とんでもない。白状すると、気持ち良すぎて頭が痺《しび》れてくる。キスは初めてではないけれど、これは今までのキスとは全然違う。学生時代の稚拙な恋を思い出し、相手によってこんなにも違う物なのか？　と、綾優は切迫した場面にもかかわらずそんなことを考えていた。

それに気が付いたのか、濱本がいきなり唇を離す。

「何を考えている？」

「あっ……」

答えない綾優に罰を与えるように、下唇を軽く噛《か》んで引っ張った。

（かっ、噛まれた！）

驚く綾優の首筋にも噛みつきながら、唸《うな》るように呟《つぶや》く。

「悪い。俺、我慢できない」

低い声が体に響き、お腹《なか》の深い深い所にまで直結して思わず声が漏れる。

「……んっ」

「首が弱いの？」

首に当たる唇の感触で、彼の口角が上がっているのが分かる。

「せ、先生」

「ん？」

そして、綾優は濱本にねだった。

「ベッドに連れていって」

自分のとった行動に正当な理由など何も思い浮かばない。この時の自分は、おかしくなっていたとしか思えない。そうでなければ、こんな性急な展開を許すはずがない。

きっと、数ミクロンの生理活性物質《ホルモン》に体が支配されているのだと思いたい。

絶対にこれは、恋なんかじゃない。

少し前に抜け出したはずの濱本のベッド。綾優は自ら望んでそこに戻り、濱本に着衣を脱がされていた。

全てを剥《は》がれて横たわる綾優を見つめながら、濱本はセーターを頭から脱いで投げる。

綾優はそれを正視することができなくて、手のひらで目を隠した。

頭上からクスッと笑う声が聞こえる。

「恥ずかしいの？」

答えることができなくて、体を壁の方に向け丸くなる。ベッドが沈んで、濱本が近づく気配がした。綾優の髪を梳《す》いて、露《あら》わになった耳たぶに唇を押し付けた。

「返事をして、恥ずかしいの？」

微かに震えながら、声の主を見上げる。そして、唇が下りてくるのを待った。

唇が合わさると、まるでずっと以前から触れ合っていたみたいにしっくりとくる。舌をからませ唾液が混ざり合う。

他の人だったら、考えるだけで気持ち悪いと思うのに、綾優は濱本の行為をすんなりと受け入れている。理由など思い浮かぶはずもなく、ただ必死にキスに応えていた。舌を甘噛みされ、強く吸われる。甘く執拗《しつよう》なキスは、終わる気配さえない。

「……んっ……ふぁ……あっ……」

息継ぎが難しくて、綾優は逃れようとしたのだけれど、しっかりと抱きしめられて離してくれない。キスが深まるごとに互いの唇は甘く溶け合っていく。

「ふぁ……ん……っく……」

鼻にかかった、甘い声が漏れる。互いの体が熱を放ち、肌がしっとりと艶を帯びてくる。裸なのに全く寒くない。濱本は綾優の反応をみながら、ゆっくりと触れてくる。大きな掌《てのひら》で胸の脇を撫でられて、ゾクっと甘い震えが走った。彼は触れるごとに綾優が感じる場所を確実に押さえてくる。胸の先端を軽く撫でられて、思わず声が出た。

「あッ……」

頂を舌で転がされ、強く吸われて身をよじる。胸の頂を食《は》まれ、好き勝手に触れられて、悦楽に背がしなる。声を嗄らせながら、その髪の毛に指を絡ませたくなった。意外にも柔らかい髪の毛を、思いっきりクシャクシャにしたくなる。

「あぁっ……はぁ……っ、ぁあっ！」

うっすらと湿った肌に熱い掌を這《は》わせながら、濱本が満足そうに微笑む。

「ピンク色……本当に桃みたいだ」

「えっ？」

「ビールを飲んだ後にみるみる君がピンク色になっただろう？　体中が同じ色になるのかって、すごく知りたかったんだ」

「……は？」

そんな理由で自分を留めたのかと思い、綾優は少し戸惑った。しかし、そんな気持ちなど意に介せず、濱本はニンマリとする。

「思っていた通り、全身桃だな」

そう言うと、綾優の臍《へそ》の周りを舌でなぞった。そのまま肌に唇が押し当てられて、じわじわと下に降りてくる。淡い茂みに鼻先が入りこみ、敏感な場所を探索しはじめた。

「あぁ……っ」

指が恥丘に伸び、割れ目に入り込む。先程の愛撫《あいぶ》のせいで蜜に濡《ぬ》れた場所を撫でられ、綾優の背が悦楽でしなる。両膝が折り曲げられ秘部が露わになると、そこに濱本の唇が下りてきた。そのまま舌でザラリと舐《な》めあげられ、綾優は驚きの声を上げた。

「や……先生、止めっ！」

閉じようとした膝が両手で広げられ、また唇が近づいてくる。襞《ひだ》をかき分け、赤く染まりかけた芯にたどり着くと、熱い舌で転がされる。

「……っ！　あっ……ぁ、やっ……」

そんな場所を人に見られるだけでも恥ずかしいのに、そこを舐められるなんてありえない。ましてやそれをしているのが濱本だなんて……。

花芯を舐めるピチャピチャとした音がベッドルームに響く。舌からもたらされる刺激のせいで、蕾《つぼみ》は色を濃くさせ硬く尖ってゆく。痛いような、それでいて気持ちが良すぎるような、強い刺激に綾優の体はビクビクッと震えた。

「あぁ……っ、や……もぅ……っ」

「こんなに感じて……可愛《かわい》い。気持ちいいの？」

濱本が艶っぽい声で囁《ささや》く。綾優は返事ができなくて、ただ喘《あえ》いでいた。やがて柔らかな秘所に指が侵入してきた。溢《あふ》れ出た蜜でトロトロに溶けた蜜口は、簡単に指を招き入れる。抽送を繰り返すと、粘着性の液が溢れてクチュクチュと音を立てはじめた。

中をかき混ぜる指の動きに耐え切れずまた声が漏れる。声を出すまいと自分で口を押さえると、濱本が笑った。

「我慢しないでいいよ。いいから、声だして」

指をそこに残したまま身を乗り出して口付ける。互いの舌を絡ませる甘いキスに綾優は夢中で応えた。

「どう？　自分の味は」

「やっ……」

蜜まみれの濱本のキスを受けた綾優に、その味を聞いてくるけれど、答えることはできなかった。自分の全てを濱本の好き放題にされているけれど、それが嫌じゃないのは溢れ出る蜜で簡単に測れる。

「ねぇ、とめどなく溢れてくるんだけど？」

「は……い？」

瞼《まぶた》を開けて、何か言いたげな濱本と目が合った。

(顔が……ち、近い)

鼻がくっつきそうな距離で綾優を見下ろしながら濱本が言った。

「ねえ、イキたい？」

「そ、そんなこと、答えられませんっ」

口をパクパクさせる綾優を、濱本は目を細めて笑う。もしかして彼にはSっ気があるのかもしれない。

「お返事は？」

そう言って、中壁を擦る指がクイっと曲げられた。

「ひぅッ！」

「もう一本入るかな？　キツイけど」

あくまでも冷静な濱本が、なんだか恨めしい。

「あぅ……っく……」

堪え切れず声を上げると、唇が塞がれて強く吸われる。熱い体にのしかかられ、舌と指で柔らかい粘膜の中がかき混ぜられる。長い指が充血して固くなった花芯を擦ったその瞬間、綾優の腰が跳ね上がり、ビクビクっと痙攣《けいれん》した。

「あぁッ！」

「可愛い声だね、もっと聞かせてよ」

濱本の低音が首筋から体に響いて、声だけでもイキそうになる……。

何度イッたのだろう？　いやらしいことをたくさんされて、頭がぐちゃぐちゃになりそうだ。感じすぎて辛くて、押さえつけてくる濱本の体から逃れようとするのだけど、離してくれない。

ここまで解されたら、いっそのこと挿入してほしいのに、なぜか最後まではしてくれない。綾優は何度も快楽の海に沈みながら、声を嗄らせて喘いだ。やがて……疲れ果ててしまい、眠りに落ちる。

目覚めると、カーテン越しの朝日が眩《まぶ》しくて目が開けられない。そうだ……今日は引っ越しをする日だった。昨夜は……と、そこまで考えて思考が停止した。後ろからガッシリと腰を掴む腕。それに気が付いて、硬直してしまった。

（ど、どうしたらいいの？　後ろの人を見るのが怖い）

綾優が一人で焦っていると、それを察した濱本が声をかけてくる。

「起きたの？」

首筋に歯を立てながら話しかけるものだから、声が背骨に響いてゾワゾワッと背中に震えが走る。

「も……ダメ」

「何がダメなの？」

後ろにピッタリとくっ付いている人物は、ククッと楽しそうに笑っている。

「おはよう」

「お、おはようございます」

必死に、冷静を装って返事をした。

「もう九時だよ」

「……うそっ！」

綾優は半身を起こして、濱本を振り返った。振り返って思いっきり後悔した。裸の胸を晒《さら》した濱本が、肩肘を立て笑いを含んだ目でこちらを見ていたからだ。我を忘れて濱本を凝視していると、いきなり腕が伸びてきて、胸の下を暖かい掌で撫でられた。

「胸が揺れている。柔らかいな」

「やだっ！」

空調のおかげか、綾優は自分が裸だということにまで気が回らなかったのだ。

「やだはないだろう。あれだけ好きにさせといて」

「……」

確かに好きにされたけれど、でも……。

「あの、先生？」

「ん？」

綾優は頬が熱くなるのを意識しながら、聞きにくいことを尋ねた。

「あ……の、その……、先生は挿入してないですよね？」

「うん」

なぜ？　私では不満でした？　そう聞きたかったけれど、さすがに羞恥心が勝って口には出せなかった。

「あの……私だけ、気持ち良くなっちゃって、その後爆睡しちゃって……申し訳ないような……ごめんなさい」

「俺も残念！　避妊具がなかったんだよ。あったら絶対最後までしたかった」

際どい内容を爽やかに口にするなり、濱本は綾優の額《ひたい》に軽いキスを落とした。

「起きよう。一緒にシャワーを浴びる？」

綾優が首を振ると、濱本は裸のまま立ち上がる。

「衣類は後ろの椅子に掛けているから着替えたら？　洗面所はトイレの隣のドアだよ」

そう言うと、赤面して固まる綾優を残し寝室を出て行った。しばし放心していたけれど……綾優は大切なことを思い出した。十一時には引っ越し業者がやって来ることを。

「いけないっ！」

慌てて浴室のドアを叩《たた》き、濱本を呼び戻す。わけを説明して、車を出してもらうようにお願いしたのだった。

「すみません、シャワーも途中で急がせちゃって」

「良いよ。コーヒーくらい飲ませてあげたかったけど」

濱本の車のシートは柔らかい革で、高級車に慣れていない綾優は落ち着かない。アパート前の路肩に車を停《と》めて、携帯番号の交換をさせられて少し戸惑う。

昨夜だけの関係だと思っていたから大胆なことができたのだ。それに濱本が綾優のフルネームを知らなかったことも地味に堪えた。運転中にさりげなく聞かれて、ショックを受けたのだ。

「桃太郎は、何て名前なの？」

「綾優《あゆ》です」

「果物かと思ったら魚なんだ？」

「ちっ、違います。糸へんの綾に優しいと書きます」

「そうなんだ。あ、俺の名前は……」

「知っています」

自分の名前も知らない人と一夜を過ごしたなんて、最悪。綾優は自らの軽薄さを激しく反省した。

「落ち着いたら連絡して」

そう言われても、『無理だよ』と内心で思う。車高の高い車から降り際に、ステップに足を掛けたままでお礼を言った。

「送っていただいてありがとうございました。先生、お元気で」

心を込めて挨拶したのだけれど、濱本は半笑いして首を傾《かし》げる。

「お元気で？ ……まぁ良いか」

(笑う所と違いますよ)

そう思ったけれど、突っ込むほど親しいわけではない。

「じゃぁ、実家まで気をつけて」

濱本は軽く手を振って走り去っていった。

「行っちゃった……」

しばらくの間、呆然《ぼうぜん》と車の去った道を見つめていたが、気を取り直して部屋に入る。慌ただしく箱に最後の荷物を詰めながら、綾優の脳裏に昨夜の出来事の断片が蘇《よみがえ》ってドキドキした。

運送会社の人がやってきて、荷物が運び出される。何もない部屋から去り際、玄関先で振り返った。

(さようなら、この街での私。さようなら、昨夜の狂った私)

短大を卒業後に就職して、必死に働いた。故郷に比べると、過不足なく便利で住みやすかった水の都よ、さようなら。

今日までの自分は、ここに捨てていこう。素の自分に戻って、故郷で地道に暮らすのだ。

第二章　意外な再会

思いを捨てたつもりが、小さなマイカーで高速を運転している間に、ふと昨夜の出来事が蘇って汗が吹き出そうになる。『私、失礼なことをしてなかったかしら？』とか、『あ、あ、あんなことも、こんなこともされちゃって……皆あんなことを普通にしているんだろうか？』などと、色々なことが頭をよぎる。

そうこうしているうちに、三時間ほどで実家が見えてきた。ミカン山の麓に立つ木造の二階建てだ。駐車場に車を停めて、重い荷物を手に玄関の引き戸を開けた。

「おばあちゃん、帰ったよ」

祖母は居間でコタツに入っていた。

「綾優ちゃん、お帰り」

すぐには動けないので、コタツの縁に手をかけて、ゆっくりと立ち上がる。

「いいよ、座ってて！」

そう言ったけれど、祖母は立ち上がりキッチンに向かう。

「お腹空いた？　何か作ろうかねえ」

いつもそうなのだ。実家に帰ると、綾優のために飲み物を淹れ、お菓子を出してくれる。ずっとそうしてきたのだから、綾優は祖母の好きなようにしてもらうことにした。

自室で一人になると、また濱本のことを考えてしまう。もう忘れなくちゃ！　と思うのだけれど、ついスマホを手に取り通信アプリを確認してしまうのだ。

知らなければ、それですんでいたはずなのに。濱本の熱い体や大きな掌、Sっ気のある表情や甘い声を思い出してまた欲しくなる。どうせなら最後まで致して欲しかったな。などと残念がる始末。

恋愛経験の乏しい綾優にとって、昨夜の出来事は、あまりに濃い経験だったのだ。

翌朝、祖母に誘われてミカン山に登った。

「やっぱりこの年になるとキツイね」

祖母が音を上げるが、数年前まではこの山の急な勾配を平気で登っていたのだから、やはりすごい。頂まで登り切って、二人で持参したお茶を飲みながら下界の風景を堪能する。リアス式海岸が続く荒々しい自然が特徴の地域ではあるものの、ここは大きくえぐれた湾内にあるために、海は凪《な》いで風は穏やかだ。

「綾優、山を売って欲しいって言う人がいるんだけどね」

「えっ、そうなの？」

「滝田屋《たつた》さんっていう大きな会社でね、ミカンの栽培から加工・販売までやっている所なのよ」

「おばあちゃん、売っちゃうの？」

「売りやしないよ。その会社に貸そうかと思っているのよ」

「そうなんだ……」

祖母の話によると、今まで山の世話を手伝ってくれた人が体を壊して、もう山の仕事をする人がいなくなってしまった。ミカンの木や山を荒れるにまかせるよりは誰かに貸した方が良い。そう判断したのだと言う。

綾優にとって山守は荷が重く、祖母も色々と考えてくれたのだろう。

「綾優ちゃん、それで良い？」

「私はおばあちゃんの考えに従うよ」

両親が存命なら山を人に貸すこともなかっただろう。それを思うと、ぽっかり空いたままの心の穴がまた深くなっていった。

朝食の後、祖母がデイサービスに行くのを見送ると、綾優は市内のホームセンターへ車で買い物に向かう。二階の自室のセルフリノベーションをしようと考えていたのだった。

買い物の途中でスマホが振動した。祖母が通っているデイサービスからだった。

いそいで電話に出ると、職員さんが慌てた声で祖母が病院に救急搬送されたと言うではないか！　胸が苦しいと言うので血圧を測ったら、上が二百を超えていて、急いで救急車を呼んだらしい。慌てて会計を済ませ病院に向かう。

（おばあちゃんに何かあったらどうしよう！）

着信があった時に、一瞬だけ『先生からかも？』なんて期待した自分が恥ずかしい。祖母のために帰ってきたというのに、これでは本末転倒だ。なんのために実家に帰ったの？　しっかりしなさい！　と、心の中で自分を叱った。

車を走らせて病院にたどり着くと、祖母はまだ救急処置室で点滴を受けていた。目を閉じて寝ているところに駆け寄って声をかける。

「おばあちゃん！」

「あ、綾優ちゃん。買い物に行っていたんでしょう？　ごめんね」

声に力がないが話ができたので少し安心した。それでも呑気な自分が情けなくて、祖母のしわくちゃの小さな手を握りゴメンねゴメンねと言葉を繰り返した。

もう祖母以外に家族はいないというのに……。祖母がどれほど大切な存在か、分っていたつもりだったのに……綾優は今改めて、祖母の大切さを実感したのだった。

しばらくすると、看護師に呼ばれ医師の元へ向かう。医師から、U市立病院に祖母を搬送することになったと聞かされた。綾優も自分の車で後を追うことにする。

市立病院は、最近新築された十階建ての病院で、この地区一帯の救急医療の拠点となっている。綾優は新築されて初めての訪問なのだが、立派な外観に圧倒された。

救急車は一階の救急センターに横付けされ、綾優は駐車場から救急入口に急いだ。救急処置室の前の椅子に腰をかけて、祖母の診察が終わるのを待つ。

三十分以上経《た》ってから、ドアが開き看護師に名前を呼ばれ処置室に入った。医師の説明では、二週間程度の入院が必要で、入院したら、循環器科の医師が担当すると言う。

「はい。お願いします」

綾優が頭を下げると、あとは看護師から入院に関する説明を受けた。色々な書類を渡された後、ストレッチャーに乗せられた祖母と共に病棟に向かった。

祖母が入院する病室は六病棟の西側にあり、夕方になると西日が入ってきた。綾優はカーテンを閉めながら、祖母の様子を観察した。肌は青白く、刺しっぱなしの点滴の大きな針が痛々しい。

面会時間が終わりに近づいた頃、祖母が目を覚ました。

「綾優ちゃんごめんよ。こんなことになってしまって……」

不安そうな表情を綾優に向ける。綾優は笑顔で祖母に言葉をかけた。

「きっと良くなるよ！　おばあちゃん心配しないで。明日は検査らしいから早目に来るね」

そう元気づけて病院を後にした。


翌朝、早めに自宅を出て九時ごろに病院に着く。今朝はとても寒かったので、お気に入りのPコートとニットキャップに細身のジーンズを穿く。防寒第一のいで立ちだ。

退職してからというもの、メイクもほとんどしなくなり、今日も薄く日焼け止めを塗ってアイブロウだけでメガネをかけてきた。アラサーにして、すでに女を棄《す》てた感が否めない。

磨き上げられたエントランスのガラスに映るのは、妙に老けた学生か……。

病室に入ると、祖母はもう起きていて、綾優を待ち構えていた。顔色が昨日よりは良さそうだ。

持参した着替えやパジャマを消灯台の棚に仕舞《しま》い、祖母の身支度を手伝うと、何もすることがなくなった。検査まで時間はたっぷりある。

「綾優ちゃん、三階に屋上庭園があるらしいよ。行ってみなさい」

「屋上庭園？　へえ、行ってみようかな」

せっかく祖母が勧めてくれたので、院内のコンビニでコーヒーを買って三階に向かう。エレベーターを出てすぐの屋上庭園に足を踏み入れた。

朝早いせいか人気がない。オリーブの木のそばにあるベンチに腰をかけてコーヒーに口をつけた。

寒いけれど、ボーッと空を見上げていると気持ちが落ち着く。

昨夜ネットで検索した病院のホームページによると、三階にはオペ室があるらしい。それに併せてＩＣＵと呼ばれる集中治療室や、ＨＣＵという高濃度治療室などがある。ヘビーな治療が必要な患者さんの対応を行う場所のようだ。一階から二階が外来フロアで、オペ後の集中治療が終了したら上の階の病棟に上げる。理にかなった配置だと感心する。

さしずめこの庭園は、激務に疲れたスタッフや患者の手術の終了を待つ家族が少しでも安らぐためのスペースなのかもしれない。ふと顔を上げると、エレベーターから背の高い白衣の男性が出て来た。ＩＣＵに向かい、足早に通り過ぎるその姿を見て、綾優は驚きの声をあげた。

「あっ！」

濱本だった。綾優は咄嗟に背を屈《かが》めて姿が見えないようにした。白衣の裾をたなびかせて大股で進む姿は、以前の病院でよく見かけていたものだ。綾優はオリーブの木に姿を隠したままで、目の前を通り過ぎる濱本を見つめていた。

まさかこんなところに綾優がいるとは思ってもいないだろう。急いでいる様子で、さっさとICUに入っていった。

ガラス越しに姿を見ただけなのに、濱本が綾優に与える効果は絶大で、ざわめく胸をなだめることが難しい。

(心臓がめちゃくちゃバクバクしている。鎮まれ私の心臓！　先生の顔を見ただけで、こんなに慌ててどうするの？)

とっとと六階に逃げ帰り祖母の荷物の整理をしていると、看護師と医師が病室に入ってきた。

「井沢さん、主治医の吉川《きっかわ》です」

吉川と名乗った医師は、優しい顔立ちの若い男性で、おもむろに検査の説明を始めた。ちょっと頼りなさげではあるものの、感じの良い態度に綾優はホッとした。

検査に向かった祖母の後を追いかけて、綾優も一階の放射線治療室に向かい、廊下の椅子に腰をかけて検査が終わるのを待った。

入院患者の付き添いは、とにかく待ち時間が多い。それを知っている綾優は時間潰しの文庫本を持参していた。

検査の結果、祖母の冠動脈は閉鎖されかけていた。血管に二つのステントが留置され、祖母抜きの病状説明が行われた。聞かされた内容は、綾優の想像通りのものだった。吉川は真剣な表情で説明をする。

「今後同じような発作を起こさないために、投薬をおこないます。年齢的に血管が弱くなっていますし、万が一にも重篤な脳梗塞などを併発させないために、見守りは必要です。患者さんには脅さない程度に噛《か》み砕《くだ》いて説明をしていますので、安心してくださいね」

「はい。ありがとうございました」

心配は尽きないけれど、今は生死に関わる状況からは抜け出せている。だから、これで良しとしなければいけない。そう自分に言い聞かせて、笑顔を作り病室に戻った。

「おばあちゃん、血管が詰まっていた所に二つのコイルが入ったんだって。これで安心だね」

「寝ている間に終わったから、何も覚えていないのよ」

お嬢様育ちの祖母はおっとりしていて、あまり深刻に悩んだりしない性格だ。今の綾優にはそれが救いだった。その後は、綾優の子供時代の話をして二人でケラケラ笑って過ごす。

そうこうしている内に夕食の時間になり、祖母が食べ終えてから綾優は病室を後にした。

「あっ、洗濯物……！」

駐車場で、洗濯物を病室に忘れたことを思い出した。また病室に戻ると、祖母が冗談を言う。

「まぁ、もう明日になったの？」

「えへへ。忘れ物をしたの」

洗濯物を持ちエレベーターに乗り込んだ。新しい建物だけあって、この病院のエレベーターは高速だ。あっと言う間に一階に着く……と思ったら、三階で停止した。

三階から乗り込んで来た人物は、なんと濱本だった。

濱本はチラッと綾優を見たが、すぐに背を向ける。まさか、ここで再会するとは思ってもいないのだろう。

二度と濱本とは会わない方が良い。そう思ってはいたけれど、綾優はこのシチュエーションに、失望しながらも内心で笑えてきた。

(私の名前さえ知らなかった人だもの、少し服装が変わっただけでも分からなくなるよね)

想《おも》いを抑えようとしてきた自分が馬鹿らしくて、涙が滲《にじ》む。

(ぜったいに泣くもんか)

エレベーターが一階に着き、濱本は『開く』を押したままこちらも見ずに先に出るように勧める。紳士的なところにも腹が立ってくる。

「ありがとうございます」

礼を言って俯き加減でエレベーターを出た。そのまま小走りでエントランスを横切り外に出て駐車場に向かう。

その頃には、もう涙が溢れて止まらなくなってきた。車内に入って鍵をかけ、思いっきり泣いた。

(馬鹿だね私。どうして泣くの?)

綾優は冷静に自分を笑うけれど、涙腺は正直だ。体の中の水分が全て出ていきそうなほど、涙が止めどなく流れてくる。夜の運転が苦手なので、早く帰らなければいけないのに止まらない。

綾優はティッシュを探そうと顔を上げた。その時、運転席をコンと叩く音がした。

その方向に目をやると、濱本が立っていた。

「あ……」

ボーッと濱本の顔を見ていると、困った表情で手招きをされる。ロックを解除すると濱本が助手席側に回ってドアを開け、勝手に車内に入ってきた。

「何で泣いてるの？　ってか、何でエレベーターで声かけないわけ？」

少し不機嫌そうに綾優を責める。謝らなくてもよい気がしたが、綾優は咄嗟に謝っていた。

「……ごめんなさい」

「さすがに軽は狭いな」

体格がいいので窮屈そうだ。

「お久しぶりです」

綾優はティッシュで涙と鼻水を拭きながら挨拶をする。

「うん。色々聞きたいけど、まずは……」

そう言うと、濱本は綾優の唇に軽くキスを落とした。

「……えっ⁉」

「塩っ辛いな。なんで泣くの？」

「泣いていません。これは汗をかいたんです」

「ふーん、鼻が赤いけど？」

「かっ、風邪気味で」

「じゃあ、なんで声かけないわけ？」

「お忙しいだろうと思いまして」

言い訳がだんだん苦しくなってきた。それにしても、再会するなり質問責めってこんなの有り？

おまけに意地悪な言い方をされるのが悔しい。

「この時間なら、医師の仕事が大体終わっているとか分かんないんだ？」

「び、病院が違うし、そんなの知りません」

次から次に言葉を繰り出して、綾優を追い詰めていく。おまけに若干楽しそうな表情に見える。

「逃げる様に走って行くから、俺傷ついたな」

「……！」

最後の言葉で綾優の忍耐の糸がプチンと切れた。濱本に体ごと向き直り、口火を切る。

「先生だって、私に気が付かなかったじゃないですかっ！　傷ついたなんて、よく言えますね！」

「……それで？」

(それで？　って、その言い草は何なの？)

濱本は顔色ひとつ変えず、なんだか自信満々に見える。綾優は次第に怒るのが馬鹿らしくなってきた。なんで怒っていたのかも分からなくなって、ついに本心をポロッと口にしてしまった。

「私だって……ショックでした」

「だから泣いたの？」

「これは、汗ですってば！」

この男はどうしてこんなに容赦がないのだろう？　優しいんだか、Sなんだか分からなくなって、綾優は初めて他人に声を荒げてしまった。

濱本は感情を爆発させる綾優を、目を細めて見下ろしている。

「そんな中坊みたいな恰好《かっこう》をしているから、わからなかったよ。メガネをかけているのも初めて見たし、ましてやここで会うなんて思ってもいないからな。すぐに気がつかなくても仕方がないと思わないか？」

「……っ」

理路整然と諭しながら、綾優のニットキャップを取り後部座席に放り投げる。そして、乱れた髪の毛を優しい手つきで梳《す》きはじめた。

「似ているな……と一瞬思ったけど、気の迷いかと思い直したんだ。でも、声を聞いて分った」

そう言いながら髪を指に巻き付けてもてあそび始めた。窓の外はどんどん暗くなっていく。

「あの……私帰らなきゃ。暗いと運転が怖いんです」

「そうなのか。明日は？」

「祖母が入院しているので、明日も来ます」

綾優は祖母が入院した経緯をかいつまんで説明した。濱本は頷《うなず》くと綾優の髪から手を離す。

「今夜連絡するよ」

「……電源切っているかも」

「逆らうな」

そう言って笑うと、濱本は狭い車内から出て行った。

「気を付けて帰れよ」

「はい。お疲れ様です」

なぜか仕事中みたいな挨拶をして綾優は濱本と別れた。

国道をノロノロ運転でようやく家にたどり着く。洗濯をして、一人で味気ない夕食を作って食べた。

（このまま祖母が帰ってこなかったら、私は本当の一人ぼっちになっちゃう）

そう思うと、怖くて寂しくてたまらない。

また涙が溢れてくる。ひとしきり泣いたら、気持ちが落ち着いてきた。今日はよく泣く日だ。

エレベーターでこちらを一瞥《いちべつ》したときの濱本の無表情や、車の横に立った時のバツの悪そうな顔を思い出して色々考えてしまった。

無表情は正直堪えた。心が冷えて凍りつきそうだった。そういえば、不意打ちのキスにもビックリしすぎて抵抗できなかった。濱本には、意味不明な行動が多すぎて付いていけない。綾優はフーッと大きなため息をつく。

その時、ちゃぶ台に置いていたスマホがブルブルッと震えた。いきなりだったので、本気でびっくりした。

（もうっ！　心臓に悪い）

濱本からのメッセージだった。心の中で悪口を言っていたのがバレたのだろうか？

ないわけにもいかなくて画面をタップした。

『とっくに着いてさっきゴハンを食べました』

するとと、今度は電話がかかって来た。ブーッブーッと鳴り続けるスマホを凝視していたが、出
「はい」

「俺のメールが遅いって、暗に責めてるの？」

いきなり本題に入る人だ。綾優もまだ怒りの欠片《かけら》が残っていたので、愛想のない返事をする。

「はい、多分」

「俺はいま帰り着いた。これからコンビニ弁当を食べる」

「うそっ⁉」

「どっちに驚いてるんだ？」

「どっちにもです。あの、お疲れ様でした。それに先生がコンビニ弁当を食べる姿が想像できなくて……あの、失礼しました」

「いいえ、どういたしまして」

低い笑い声がやけに耳をくすぐる。何気に上機嫌な濱本に綾優は戸惑っていた。

「じゃぁ、明日晩飯付き合ってよ」

「……」

「なぜ無言？」

「ど、どうしようかと……」

「はい、決まり！　明日午後六時、病室に迎えに行く」

「あっ、あの、遅くなると運転が怖いので……ごめ」

最後まで言わせてもらえなかった。綾優は濱本の勢いに押し切られてしまう。

「食事の後は家まで送るから明日はバスで来るように。じゃあ、おやすみ」

自分の用事だけ済ませると、濱本はいきなり電話を切った。

「う～」

一見いい人に見えるけれど、実際には随分と違う。濱本はかなり強引な人だ。しかし、いいなりになる自分もどうかしている。

「どうしてこうなっちゃうの？」

二度と会わないと決めていたのに、こんなに早く再会して、おまけに食事に誘われてしまった。あの時は、送別会でお酒も入っていたから大胆な行動がとれたけれど……それを期待して誘っているのだとしたら、応えることはできない。

（ちゃんと断らなくっちゃ！）

綾優はそう意を決したのだった。

翌日には、結局濱本に逆らえずバスで病院へ向かうことにした。バスは最新式の車両に変わっていて、意外にも快適だった。スマホで音楽を聞きながら、一時間ほどボーッとしていると病院前へ着く。今日の祖母の検査は頭部のＣＴ撮影と血液検査だ。あまり緊張もせずにいられるみたいで、祖母は始終ニコニコしている。調子も良さそうに見えるので、綾優は少しだけ安心した。

祖母がCT撮影をしている間に、家から持参したコーヒーを屋上庭園で飲もうと思い三階に上がった。エレベーターの扉が開くと……濱本が立っていた。

「あ」

出会い頭だったので、綾優が驚きで動けないでいると、腕を取られ引き寄せられる。

「綾優、口が開いてるぞ」

「あ、はい」

濱本と一緒にいた医師がエレベーターのボタンを押しながら、おずおずと声をかけてくる。

「あの……先生？」

「すみません、先に行ってください」

そう言って、濱本は綾優と三階のエレベーターホールに残った。

「なにやってんの？」

「おはようございます」

綾優が頭を下げて挨拶すると、二人の言葉が重なる。

「あの、屋上庭園でコーヒーを飲もうと思いまして」

そう言ってトートバッグの中からマグを取り出した。

「コーヒー？」

「はい。保温マグに入れて来たんです」

「ふーん」

濱本はさっさと庭園に向かうので綾優も慌てて後を追う。寒さは昨日ほどではないが、今日も結構寒い。二人はベンチに並んで腰を掛けた。

綾優はマグの蓋をあけてコーヒーのアロマにうっとりする。コーヒーは綾優の数少ない贅沢《ぜいたく》の一つだ。

「香りが良いな」

「先生もいかがですか？」

コーヒーを勧めると急に嬉しそうな顔になる。

「どうぞ。少しお砂糖を入れていますけど」

一口飲むと、濱本は満足そうな笑みを浮かべる。

「砂糖も丁度良いよ」

香りを嗅ぎながら、二口目を楽しんでいる。あまりにのんびりした様子なので、こちらが心配になってきた。

「先生、仕事に行かなくていいんですか？」

「行くよ」

そう言っても動こうとしない。三口目のコーヒーを楽しんで、空を見上げたりしている。綾優が不服そうに顔を見ていると、チラッとこちらに視線をむける。

「良いじゃないか、少しくらい癒《いや》されても」

「今日は外来診療はないんですか？」

「ないよ。これから病棟に行く」

「そうなんですか」

「ここさ、地域の中核病院だから、医師の数は揃《そろ》っているんだよ。俺の外来診療日は週二。おまけに午前中だけなんだ。前の病院よりも待遇は良い」

「え、週二で午前中だけですか？」

「うん。その代わりオペは多いから、やる気が出る」

「そう言う割には、ここでもう十分も遊んでいますけど？」

「行くよ」

濱本は綾優にマグを返し渋々立ち上がった。

「五時半頃に迎えに行くから、病室で待てる？」

「はい、待ってます。あ、でも、忙しいなら別に今日でなくても……」

「今日はちゃんと時間を作ったから、気にしなくて良いんだよ。あ、コーヒーごちそうさま」

濱本は手を振ってエレベーターホールに向かった。

オレ様のくせに『ごちそうさま』だなんて、時々礼儀正しいのが不思議だ。親しくなってからまだ日が浅いけれど、あくせくしているところを見たことがない。

もしかして、お坊ちゃん育ちなのかもしれない？　綾優はクスッと笑ってマグに口を付けた。

昼からは祖母の食事介助や読書で時間をつぶして、ようやく約束の時間になった。

廊下の食事カートに食器を片付けていると、私服の濱本がふらっとやって来るのが見えた。ジャケットとスラックス姿なのだけれど、ジャケットのシルエットが絶妙で廊下を歩いてこちらへ向かって来る長身に見とれてしまった。

黙ってさえいれば、正統派のイケメンだと思う。綾優を見つけると、パッと笑顔になって手を挙げる。

「行ける？」

「はい、荷物を取ってきます」

そう言って病室に向かうと、濱本も後を追って病室に入ってきた。

祖母に頭を下げて挨拶を始めたので、綾優は内心で驚いていた。

「外科の濱本です。お孫さんを夕食にお誘いしました」

祖母は嬉しそうに口元を押さえて笑っている。イケメンの魅力は老人にも有効らしい。

「まぁまぁ。前の病院でお世話になったそうで、ありがとうございます。ほうっておくと、どこにも行きたがらない子なので、どうぞ連れ出してやってください」

（おばあちゃんったら、喋《しゃべ》りすぎ）

綾優は、祖母がこれ以上おかしなことを言い出さないようにとバッグを取って濱本の袖を引く。

「じゃあ、おばあちゃん帰るね」

並んで廊下を歩くと、病棟の看護師がビックリした顔でこちらを二度見する。それも当然か、患者家族と診療上関係のない医師が連れだって歩くことは珍しい。

「先生、良いんですか？　看護師さんめちゃ見てますけど」

「綾優でも『めちゃ』とか使うんだな」

今日の濱本は朝からご機嫌だ。

「はい。『やばい』なんて言葉も使います。先生、どこでお食事をするんですか？」

隣を歩きながら、濱本に尋ねてみる。

「看護師に見られても、全然ヤバかねーよ。食事は郷土料理の店、前から行ってみたかったんだ」

聞くと、超有名な店だった。観光客もよく来るけれど、地元民にも人気の名店だ。

「私、高校生の時から家族と一緒に食事をしに行っていました」

「そうなんだ」

医師専用の駐車場に濱本の車が停まっていた。この車にまた乗ることになろうとは……あの時には思ってもいなかった。助手席に座りシートベルトを締める。目当ての店の駐車場までは十分もかからない。

車を降りて店に入るまでの間、濱本は綾優の手を取り、指を絡めて握りしめた。綾優はビックリして『どうして手を握るんですか？』と聞きたかったけれど、返事が色々な意味で怖くて聞けなかった。

（きっと、私が恥ずかしがるのを楽しんでいるんだ。それで、赤面顔を見て笑うんだよね？）

予約していたらしく、店に入るとすぐに奥の座敷席に案内された。座敷とは言ってもほかの席との仕切りがあるだけで個室にはなっていない。

「俺好き嫌いないから、お勧めの料理を選んでよ。あ、桃太郎はビール禁止だったから二人ともノンアルだな」

「……」

「あれ、口がへの字になってるけど？」

桃太郎の話なんてするんじゃなかった。などと後悔しながら、綾優は濱本に自分のコンプレックスの一端を説明した。

「私、嫌なんです赤面が」

「俺は可愛くて好きだよ」

「えっ……あっ、あの……」

意外な言葉に焦ってしどろもどろになっていると、衝立《ついたて》の向こうから男性の声がした。

「濱本？」

振り向くと、祖母の主治医の吉川医師がいた。

「なんでお前がいるの？」

今までご機嫌だった濱本が吉川を見て不機嫌顔に変わる。吉川は綾優を見て、首をかしげている。

「……あ、あれっ！　もしかして、井沢さんのお孫さん？」

「はい。お世話になっています」

「いやあ、意外な組み合わせだね。ちょっと、そっち行って良い？」

「ダメ」

「あ、どうぞ」

濱本と綾優が、同時に発した言葉は不協和音。それには全くお構いなしに、吉川は綾優達《たち》の席におしぼりとお冷やを持って移動してきた。

綾優の隣に腰を下ろそうとした吉川を濱本が注意する。

「お前はこっち」

そう言って、自分の隣を指した。吉川は座るなり二人を交互に見る。

「オタクたち、そう言う関係？」

どう答えたら良いのか分からず、綾優は『助けて』とばかりに、濱本に視線をむける。

「綾優、無視しろ」

濱本が照れ臭そうな表情を浮かべて綾優の名を呼ぶ。それが嬉しくて、綾優の頬が桃色に染まる。

(きっと、たまただよ。有頂天になるな私)

綾優と濱本が見つめ合っているにもかかわらず、吉川は賑《にぎ》やかに注文の声を上げる。担当科が違うのに、二人の仲が良さそうなので、綾優が不思議に思っていると、濱本がそのわけを教えてくれた。

「俺たちは同期だよ。高校生の時からの腐れ縁」

「そうなんですか？」

「うん。なぜか吉川がオレに付いてくるんだ」

「なんだか良いですね、そういうのも」

「井沢さんは、なんで濱本と？」

「前の病院で同じ時期に退職しました」

「そうなんだ、看護師？」

「いいえ、病棟事務です」

綾優の前職に興味津々の吉川に、濱本が眉をひそめる。

「じゃぁ、医療事務の知識が豊富だね」

「いいえ、そんな！　私は内科系の病棟だったので、知識が偏っています」

「内科なら、循環器も得意？」

ますます笑みが深まる吉川に綾優は戸惑う。いったいどうしたのだろう？　その笑顔は何？

「得意とは言えませんが、病棟には循環器の患者さんはいました」

「吉川、なにを企《たくら》んでいる？」

濱本が本気で吉川をけん制すると、悪意はないとばかりにニヘラーと笑って両手を挙げる。聞くと、循環器科のクラークが一人、五月末で退職するらしく、今募集をかけているのだそうだ。

普通の医療事務とは少し違って、クラークは医療秘書《いりょうひしょ》という大変な仕事だから人材選びは難しいのだろう。綾優は他人事だと思って、ぼんやりと話を聞いていた。

「医局の管轄になるから、クラークは市の臨時職員になるんだよ。ボーナスもあるし、給料も悪くないんだ」

「吉川！」

「なんだよー。話の腰を折るなよ、濱本ぉ」

「綾優、真剣に聞くなよ」

「どうしてですか？」

「……えっ、そうなんですか？」

「お前をスカウトしてるんだよ、コイツは」

目を丸くした綾優に、吉川がジリジリと近づく。

「どう？　その気があるなら俺、推薦するよ」

「吉川、お前……綾優はたしかに適任かもしれないけど、会ったばかりの人間に仕事を勧めるって軽すぎだぞ」

「だって、お前の彼女ならいい子に決まっているじゃないか」

「ちっ、違います！　止めてください、吉川先生」

「え、彼女じゃないの？」

「先生からも言ってください！　勘違いですって」

「コイツは、軽そうに見えて、意外とカンが鋭いんだよ。あながち間違いでもないだろ」

「あながちって何？　間違ってますって！」

「えーっ、どっちなのさ」

綾優が必死に否定するのに、濱本はニヤニヤ笑っている。

「綾優ちゃん顔が真っ赤だよ。カワイイな〜」

「吉川、綾優を見るな。それに名前で呼んで良いって誰が許可した」

「イヤ、見るなって横暴じゃない？　てか濱本、なんで急に怖い顔になるわけ？　あっ、やだなー男の嫉妬は醜いよ」

「うるさい黙れ」

いい大人で、しかも腕の良いドクターなのに、二人とも言い争いの内容が子供っぽすぎる。聞いているこちらが恥ずかしい。名前を呼ばれるくらいなんでもないことだ。

「良いですよ、名前くらい」

……その時、「ブーッブーッブーッ……」吉川のスマホが震えた。

「え、なんで病院からかかって来るの？　俺、非番だよ！」

悲鳴のような声を上げて、吉川は電話に出る。しばらく話して電話を切ると、ガクッと項垂《うなだ》れた。

「……行くわ、急患だって」

「お前、ビール飲んでるだろ？　それに、非番なのになんで呼ばれるんだ？」

濱本の問いに、吉川は恨めしそうな顔で振り返る。

「今日の当番の泉山《いずみやま》さん、着信を拒否って行方不明」

「またか？　それにしても、彼が綾優のお祖母さんの担当医でなくてよかったよ」

綾優はそんな医師がいることに驚愕《きようがく》した。濱本の言う通り、祖母の担当医が吉川でよかったと安堵する。

吉川が半泣きで店を出ると、綾優達も腰を上げた。

「さあ帰るか」

綾優がワリカンですよ！　とばかりに、お財布を持ってスタンバイしていると、さっとカードを取り出して濱本が支払ってしまった。綾優が不満たらたらで車に戻ると、それを無視してカーナビを操作し始める。

「住所教えて、ナビに登録するから」

「え？　あ、はい」

住所を登録して、送ってくれるのかと思いきや……。

「送る前に、俺の住み家に寄ってく？」

濱本を見上げて、どうやって断ろうかと考えていると、こちらに甘い眼差しをむけてくる。

(先生はずるい。そんな顔見せられたら私……)

「何、難しい顔してんの？」

「……してないですよ」

「鏡見せてやろうか？　眉が寄って、口が一文字になっているぞ」

綾優は眉間をさすりながら濱本を見上げる。

「だって……」

「だって、何？」

そうだった、濱本は曖昧を許さない人だ。正直にならないと容赦しないのだ。それにしても、誘いを断るのは勇気がいる。行きたい気持ちもあるけれど、簡単に流されているみたいで、それはちょっと違う気がするのだ。

「先生、あの……」

「ん？」

「先生のお宅には、行きません」

「行きません。ってか？」

「はい」

綾優の答えに、濱本はククッと笑った。笑われるとは思っていなかったので、肩透かしをくらった気分だ。

濱本の穏やかな顔に見とれていると、急に距離が近づいて唇が軽く重なった。驚きで目を丸くすると、間近に閉じた瞼と長いまつ毛が見えた。顔の造作の一つ一つが綺麗《きれい》で、いつまでも見惚《みと》れてしまう。顔に見惚れている間にも、キスは続く。両手で胸を軽く押すと、手首を掴まれて、車のシートに頭が強く押しつけられた。

「……んっ」

意図せずに漏れた吐息がやけに甘くて、自分を叱りつけたくなる。突っついてくる舌に応えると、濱本の口角があがった。キスは唐突に終わり、手首の拘束も解かれた。ゆっくりと体が離されて、綾優はその熱をまた欲しいと思ってしまった。

「送るよ」

掠《かす》れた声が耳をくすぐる。

その後は何事もなく、車は実家に向かった。濱本の車はシートが本革なのでちょっと緊張するけれど、静かで乗り心地が良いので好きだ。こんな高級車は自分では買えないけれど、運転もしやすそうだなと思う。

「先生、どうしてこの車を選んだんですか？」

「日本中どこに行ってもディーラーがあるから便利だろう？　外車だとそうもいかないしね」

「そこ？」

意外な合理主義に、ちょっと驚く。工業製品に思い入れがないと聞き、では何に思い入れがあって、どんな対象に愛情を注ぐのか？　知りたいけれど、聞くのが怖いとも感じた。

「あのさあ」

急に声をかけられビクッとする。

「はい？」

「吉川が本気で誘ったら、病院に勤める？」

「クラークですか？」

「綾優も仕事したいだろう？」

正直、仕事はしたい。あの病院なら通勤もムリな距離ではない。

「祖母が落ち着いて、昼間のデイサービスに通えるようになったら仕事はしたいと思います。でも、私にできるでしょうか？」

「できるだろ」

あっさり肯定されて、首をかしげる。

「先生、その根拠は、どこに？」

「前職の評判を聞いているし、一緒に過ごしていれば分かる。綾優はクラークもやれると思うよ、最初は大変だろうけど」

「そうでしょうか？」

「あのさ」

「はい？」

「今の病院の医局って、大きなフロアがパーティションで仕切られて、全部の科がごちゃ混ぜでさ」

「はぁ」

濱本が何を言いたいのか、いまいちつかめない。

「高そうなデカいコーヒーマシンが三台ある」

「そんな本格的なマシンなら、良い豆を使えば美味しいコーヒーができますね」

「綾優の言う通りなんだけど、なぜか不味《まず》い。綾優が淹れてくれると、美味いコーヒーにありつけるんじゃないかと期待するなあ……ま、いずれにしても就職はお祖母さんが落ち着いてからだな」

「はい、そうですね」

話をしている内に、車は綾優の実家についた。綾優は車から降り、玄関先まで送ってきた濱本に頭を下げた。

「今日はごちそうさまでした。あの……色々とありがとうございました」

「明日も病院に来る？」

「はい。毎日行ってあげないと、おばちゃんが寂しがるので行きます」

「そうか」

濱本は綾優の頬をサラッと撫でた。指の感触が頬に残る。本当はもっと一緒にいて欲しいと思うけれど、その気持ちを綾優は押《お》し留《とど》めた。

「じゃあな」

「はい、気を付けて」

なぜか濱本がまた笑う。

「どうして笑ったんですか？」

「以前綾優に『お元気で』って、今生の別れみたいな言い方されただろう？　あれに比べると、ちょっとは俺に慣れてきたみたいだな」

「あっ、あれはっ！」

本気で今生の別れだと思っていたなんて、とても言えない。綾優が茹《ゆ》で蛸《だこ》になっていると、濱本は笑って車に乗り込んだ。

第三章　綾優の再就職

　祖母の体調は日を追うごとに良くなって、弱くなった足腰のためのリハビリも始まった。物事が少しずつ良い方向に向かって行くようで綾優は嬉しかった。

　吉川が回診にやってきたのだが、終わって出ていく時に手招きをされたので、綾優は首を傾げながらついて行く。

「ナースステーションに循環器の医長が来ているんだけど、ちょっと顔見せする？」

「吉川先生っ、とんでもないです！　まだ決心がついていないですし」

「そうなの？　でもさ、綾優ちゃんがいた病院とウチは電子カルテが同じメーカーなんだよね。綾優ちゃんなら、即戦力になるんだけどな」

「同じなんですか？」

「うん、濱本が言ってた。それに、前の病院よりサクサク動くって」

「サクサク……。それは魅力ですね」

「おまけに、ここはネットワーク管理者が優秀だから、何かあっても安心だよ」

「へぇ。そうなんですね」

吉川のトークに乗せられて、綾優もその気になってきた。電子カルテがストレスなく使えると聞くと、妙にそそられるのだ。これも、仕事人間だったゆえの悲しい性《さが》なのかもしれない。

それにしても吉川は、医者と言うよりまるで優秀な営業みたいだ。ある意味油断ならないけれど、こちらもいつの間にか乗せられて、しまいには笑ってしまう。

しかし、ここまで強引に就職を勧めるのには、何だか理由がありそうだ。いつか聞いてみなければ……。

それでも、就職は悩みの種だったので、本当に決まればこんなに嬉しいことはない。採用されたらぜったいに頑張る！　綾優は密《ひそ》かに闘志を燃やすのだった。

濱本は、日曜にもふらっと病室に寄ってくれた。月曜から学会で東京に出張らしく、綾優に火曜の夜には帰ると報告をしにきたのだ。どうして自分に言ってくるんだろう？　と不思議に思いながらも、スケジュールを逐一話してくれることが嫌ではない。

しかも、その後もメッセージが届いて、お土産《みやげ》は何が良い？　と聞いてくる。まるで恋人みたいな扱いに戸惑うも、希望を言った方がいいのだろうか？　と、慌てて東京土産をネットで調べた。

こういうのって、付き合っているみたいで、なんだか照れる。自分が勘違いしていたら恥ずかしいので、誰にも言えないけれど、じわじわと嬉しくなってきた。

お土産を調べたけれど、沢山ありすぎて選べず、もういらないやと思い、月曜に濱本にメッセージを送った。

『お土産はいらないです』

お腹が空いたので、コンビニに行きサンドイッチと温かいカフェオレを買い病室に戻る。スマホを確認すると、返事が届いていた。

『土産は勝手に見繕っておくよ』

『じゃあ軽くて小さいものでお願いします』

入力しながら、今日は学会なのに、こんなことをして遊んでいいのだろうかと気になってきた。医者が学会の会場で、スマホをいじって遊んでいるのはカッコ良いものじゃない気がする。

(でも……先生がいないと、なんだか気が抜けると言うか、ドキドキが足りないと言うか……つまらないのよね)

そんな風に、濱本のことばかり考えるのは止めた方が良いと思うのだけれど、想いは止められない。

あの夜の出来事は、綾優の中で『思い出』になるはずだった。それがどうしてこんな事態になってしまったのだろう。

人と人のつながりは、本当に不思議だ。あの日、看護師の佐々木が酔ってタクシーに乗り込まなければ、濱本との縁は切れていたはずだ。綾優は車を運転しながら、結局濱本のことを考えていた。

翌日は、役所やハローワークに行ってバタバタしていた。

祖母の病室に着いたのは正午になってからで、ちょうど昼食を摂《と》っている最中だった。

「おばあちゃん、介助しようか？」

「綾優ちゃん良いよ。自分でやらないと、いつになっても退院できないからね」

祖母にやる気が出てきたのは良い傾向だ。綾優は自分の昼食を買おうと、院内のコンビニに向かった。

サンドイッチを買い、注文したコーヒーを待っていると、美人のドクターと男性ドクターが入って来た。

美人ドクターは仕事の不満をボヤいている。

「何が悲しくてコンビニ弁当……」

ブツブツ言いながら陳列台を眺めているのを男性ドクターが宥《なだ》めている。

「仕方ないでしょう、外来が延びちゃったんだから」

ドクターも人間だよね？　と、内心で同意しながらぼんやり立っていると、いきなり濱本の話題に飛んでびっくりする。

「そう言えば濱本さん、今夜ご帰宅？　困るんだよね、デキる人がいないと」

「ハイアットに泊まるって言っていたから、あそこのマロンケーキを頼んだんだ」

「おや、仲の良いことで」

「妬《や》いているわけ？」

わけありな会話に足が震える。濱本と女性ドクターの関係が色っぽいものにしか聞こえない。

「お客さん、お待たせしました！　コーヒーどうぞー」

店員に声をかけられて綾優は我に返る。濱本の名前が出て意識がそちらに飛んでいた。コーヒーを受け取ってからは彼らの会話は聞き取れず、綾優はモヤモヤした気分のまま病室に戻ったのだった。

その夜。

病院のホームページで、医療事務補助者募集の募集要項を読んで履歴書を書いた。これも何かの縁、勇気を出してトライしてみようと思ったのだ。採用されない可能性の方が大きい気がするけれど、綾優はやはり病院の仕事が好きなのだ。

スマホをチェックすると濱本からメッセージが届いていた。

『明日夜メシ。バスで来るように』

暗号みたいなメッセージだ。しかも何気に命令調。

『分りました』

愛想のない返事をしたのは、今日のコンビニでの出来事が胸に引っかかっていたからだ。あの美人ドクターと濱本の関係が気になる。

『ご帰宅』だなんて、まるで一緒に住んでいるみたいな言い方をしていたっけ。明日、勇気を出して聞いてみよう！　綾優は鼻息も荒く決心をした。

翌日、意気込んでチャコールグレーのちょっと大人っぽいスカートを選んでみる。寒いので薄手のタイツにパンプスを履いて、トップスは深みのあるワイン色のツインニットを着る。久しぶりに女性らしい恰好をしたので、お化粧も頑張ってみた。

妙に気合いの入っている自分を笑いながら、いつものピーコートを羽織って玄関を出た。

午後から回診に来た吉川に履歴書を託すと、満面の笑顔で受け取られる。

「その気になってくれたんだね。よかった」

「先生、どうして私をクラークにしたがるんですか？　何かわけありだったりして」

「……どうしてそう思うのかな？」

ヘラヘラして全然答えてくれない。人当たりはいいけれど、意外にも脇は固い。

「もう良いです。採用されたら、きっと理由が分かると思うから」

「採用されると思うよ」

「そうなんですか？」

「俺、循環器になくてはならない人だもん。その推薦だから」

「……」

あまりにも軽い口調なので、真実味《しんじつみ》が薄い。ジト目で見ていると、さらにヘラヘラと笑っている。

「あっ、その疑いの眼差し……ひどいなあ」

なくてはならない人の割には、軽すぎる。デキる医師だと濱本から聞かされていなければ、吉川の医師としての能力を疑っていたかもしれない。

夕方、出張帰りの濱本が病室にやって来た。久しぶりの再会だ。今日の服装はチノパンツに白いシャツ、グレーの良質なダッフルコートを手にしている。車なのに重装備なのはどうしてだろう？　それにしても、やっぱり素敵だな……と胸が高まる。

祖母に手を振って、二人は病院を後にした。濱本がタクシー乗り場に向かったところで、やっと気がついた。

「あ、車じゃないんですね？」

「置いて来た」

濱本が今夜、自分を家に送る気がないことに、綾優はようやく気がついた。そうなると、一気に動揺してくる。

タクシーは、郊外の一軒家の前に着いた。

「先生、なんだか高級そうなお店ですね」

「そうでもないらしいよ。田舎には珍しく旨《うま》いフレンチだと聞いてる」

「私、ここ初めてです」

「俺も。今日は飲むぞ！」

高らかに宣言した濱本に、綾優は最初から牽制《けんせい》する。

「私は飲めないので、お相手できませんけど良いですか？」

「良いよ。綾優は食い気に走るんだろう」

「はい、楽しみです」

なんだかんだ言って、自分との食事を楽しみに予約してくれたのだと思うとやっぱり嬉しい。

濱本は意外にマメなのかもしれない。

店に入ると、奥の予約席に案内された。

前菜は野菜のテリーヌ、冷たくて色々な食感が楽しめて美味しい。濱本が飲むキンキンに冷えた白ワインが美味《おい》しそうで、綾優は羨ましくなってきた。お酒は弱いだけで、決して嫌いなわけではない。よほど飲みたそうに見えたのだろう、濱本が、「飲む？」と、グラスを渡してくれた。怨念が届いたのだろうか？　ありがたく飲ませて頂くことにした。

「……じゃあ、ちょっとだけ」

口に含むと、やはり美味しい！　もっと飲みたいところだけれど、また悪酔いしてはいけないので、残念だけどグラスを濱本に返す。

その後もう一皿前菜が出て、メインは二人とも肉を選んだ。もうこの辺でお腹一杯だったのだけど、その後スープを頂く。

「履歴書を出したんだって？」

「はい。採用される気がしないんですけど、ダメもとで出しました」

「採用される気がしないって、どうして？」

「なんとなく……」

「カンが当たらないことを願うわ。俺は待っているよ」

綾優は曖昧な笑顔で頷く。あの美人ドクターのことを聞きたかったけれど、なんて切りだしたら良いか悩む。それに、聞いたところで、『そうだよ、彼女だよ』なんて言われたら、ショックすぎる。かといって、嘘《うそ》をつかれても悲しい。

濱本とフレンチを頂くなんて、こんな機会は二度とないのだから、料理を存分に楽しもうと気持ちを切り替えた。

結局今夜もご馳走《ちそう》になってしまい、綾優は店を出て礼を言う。

「先生、すごく美味しかったです。ごちそうさまでした」

「綾優、メシで釣るわけじゃないけど、俺の家に来て。できれば泊まってほしい」

「えっ」

（どうしよう、着替えがない）

そんな理由で焦るあたりで、すでに濱本の部屋に行く決心はついていた。

「綾優？」

困った顔で濱本が顔を覗き込んでくる。

「俺、返事を待ってるんだけど」

綾優は言葉の代わりに小さく頷いた。

タクシーが来るまで、逃がさないとでも言うように、ずっと手を握られていた。車内でも指を絡ませて離さない。

「先生、途中でコンビニに寄ってください。ちょっと買い物があります」

せめて一泊用の基礎化粧品と下着を買っておこうと思ったのだ。

濱本の住み家は、病院の近くにそびえるマンションの高層階だった。エレベーターの中でも、がっしりと手を握られたままだ。

室内に入りセンサーライトに導かれて廊下を進む。

玄関に女性の靴はなく、リビングにも人の気配は感じられなかった。やはり一人暮らしなのだと分かって、綾優は大きな息を吐いた。

「綾優、なに一息ついてんの？　さっきからソワソワしているし、面白い奴《やつ》」

「あ、あの……一人暮らしだなぁと思って」

「当たり前だろ」

リビングは以前のマンションより広い気がした。ソファーやオシャレなテーブルはあの時のままで、キッチンは対面式だ。間接照明の仄《ほの》かな光が心地いい。

「わ、すごい。このマンションって新築ですか？　広いですね」

「うん、新築。綾優、コーヒーでも淹れる？」

「はい」

コーヒーは綾優が淹れるものと決めているみたいだ。ここにあるのはコンパクトなコーヒーマシンで、操作が簡単そうだったので安心した。マシンの隣に密封ビンに入った粗挽《あらびき》の粉があったので、それを使って淹れる。

コーヒーができるのを待つ間、キッチンを見渡しても女性の影が感じられないのでホッとしていた。コーヒーカップが見当たらなくて濱本に声を掛ける。

「先生、コーヒーカップはどこでしょう」

シャツのボタンをほとんど外して、スエットパンツを穿《は》いた濱本が別室から出てきてギョッとする。部屋着なのに艶っぽいビジュアルに心臓が止まりそうになった。その色気は反則だ。綾優は決してイケメン好きではないのに、濱本にだけは過剰反応してしまう。

心臓に悪いから、本当にやめて欲しい。体を動かすと、腹筋が動いて直視できない。絶対見せつけて面白がっている気がして頭に血が上《のぼ》る。案の定、頬が熱くなっている綾優を見て、濱本は笑っている。

「カップは後ろの白い引き出しの中にあるよ」

言われるまま引き出しを開けると、食器が綺麗に並べられていた。整理魔なのかと、ちょっとだけ動揺する。高級そうなカップ&ソーサばかりだったので、割っては大変と、無難なマグカップを選んだが、これもどうみてもお高そうに見える。車にはこだわらないのに、生活用品は一級品を選んでいるようだ。心地よさ最優先のお方ゆえ、これもしかたないのかもしれない。

コーヒーを運び、ソファーに並んで座る。

しばらく無言でコーヒーを味わった。静かな空間に良い香りが満ちて、二人の間に柔らかく甘い空気が漂っているように感じられる。

「綾優」

(きゃあ、その言い方やめて)

咄嗟に耳を隠すと、濱本がキョトンとした顔になった。

「何やってんの?」

「先生、そんな言い方したら、ダメですっ」

「ダメ?」

「だって、フニャフニャになりそうですもん」

「フニャフニャにさせようと思って言ってんだよ。いい加減に慣れたら？」

濱本は自身のコーヒーをテーブルに置くと、いとも簡単に綾優を膝の上に乗せた。

綾優も送別会の夜のことは忘れられない。約束も何もない関係だけれど……やっぱり濱本と肌をあわせたい。この部屋に来る前からずっと、綾優はそう願っていたのかもしれない。

後ろからギュッと抱きしめられ温かくて固い体に包まれると、ひどく心地よくて身も心も蕩《とろ》けそうになる。

「あっ……」

うっとりしている間にブラのホックを外されて、胸が大きな掌に包まれた。軽く撫でられ先端を転がされて声が漏れる。

「綾優、バンザイして」

「？」

言う通りにすると、カーディガンとセーターをスルリと脱がされた。ブラが肩から滑り落ちて、あっという間に上半身が露わになる。

後ろから伸びた腕に、胸の下を撫でられ、ゾクッと肌が粟立《あわだ》つ。息が荒く小刻みになって、酸欠になりそうだ。

これは怖いからじゃない。自分がどうなってしまうのか分からなくて不安なだけだ。でもそれよりも、体の中から沸き上がる甘い疼《うず》きが綾優の全身を支配していた。肩にかかった髪をかきあげられて、右の鎖骨に唇が落ちた。舌で撫でられ、吸われて声が漏れる。

「……あっ」

濱本の左手は胸を撫で解し、先端に触れるたびに快感が走る。右手はスカートの下を探索中で、気が付いたら、タイツが片足だけ脱がされていた。そして……下着の中の、一番敏感な場所に指が入り込む。

首筋を噛まれ吸われながら、長い指で花弁を撫でられ声が漏れる。

「んっ……ん……っあッ」

まだ狭い中に、クチュン……と指が入り、ビクッと腰が跳ねた。

そのまま指の抽送を繰り返される。蜜が溢れ、指が花芯を擦るたび悦楽に腰がくねる。恐怖に近いような快感。どうしてだか後ろから触られると感じすぎて怖い。知らず知らずに漏れる自分の声に驚きながらも、喘ぎ声を止めることができない。

「あっ……んんっ……」

「綾優、可愛い……」

濱本の声が体に響いてズキンと感じてしまう。

「先生、声……」

「声が何？」

「あ……あぁ……感じすぎるから声出さない……で」

指は好き勝手に動き、中を掻《か》きまぜて嫌らしい音を立てている。

「それはムリ。綾優、いっぱい感じて」

そう言って、トロトロの液で濡れた指で一番敏感な場所を探り当てた。中壁を何度も擦られると、鋭い快感で体が跳ねる。

「あぁッ！　……せっ」

体が痙攣するのを止めることができない。綾優は濱本の膝の上で与えられる悦楽を悦《よろこ》んで受け入れていた。

「……っあぁ……あ、やぁ……」

甘く嫌がってしまうのは、快感が強すぎて、溢れ出る蜜が恥ずかしいから。

「綾優……すごいよ、ほらこんなに……」

蜜で滑る指で擦られた秘所は、赤く腫れて、少しの刺激にも悦楽に震え相手を誘う。綾優は甘い責め苦に耐えきれなくなって、その先を求めて手を伸ばし、スエット越しにそっと触れてみた。思っていたよりもずっと大きなものが、まるで生き物のように跳ね上がる。綾優が驚くと同時に、濱本が掠れた声を上げた。

「綾優っ……！」

すると、いきなり体を持ち上げられて膝から降ろされた。慌ただしく立ち上がる濱本を茫然《ぼうぜん》と見上げていると、身を屈めて両手を取られる。

「俺の肩に手を置いて」

言われた通りに濱本の肩に手を置くと、まるで子供を抱くようにお尻を持ち上げられた。綾優は落ちないように濱本の腰に両足を巻きつけて、廊下を進み、寝室に運ばれる。

足元の間接照明があの時と同じ大きなベッドを浮かび上がらせていた。優しく降ろされると、スカートとタイツを脱がされ下着も取り払われた。綾優に視線を当てながら、身につけていたシャツを投げ、スエットに手をかける。まるで、あの日の再現だ。

この期に及んで、綾優は目を伏せた。

「また恥ずかしがってんの？」

声をかけられ顔を上げる。濱本がスエットを脱ぐと、下着をつけていなかったので、男根が目に飛び込んできた。それは、思っていたよりも大きくて、しかも直立しながらビリビリと震えている。

「ひゃッ！」

驚いてのけぞる綾優を、くぐもった声で笑う。

「あーあ、また桃になっちゃって」

そう言いながらベッドに上がると、綾優を押し倒しその隣に横たわった。右腕を首の後ろに回し入れ、強く引き寄せ、本気のキスが始まった。

口腔内をくまなく舌で撫でられて、心地よさに酔う間もなく、誘ってくる舌を必死で追う。唇が離れると、頬にチュッとキスが落ちてきた。

「ほっぺがおいしそうな色をしている。食べてしまいたいくらい可愛い」

「……！」

驚くほど甘い言葉を向けられ、驚きで瞼をあけると、至近距離に濱本の顔があった。顎を甘噛みされて、唇はその下に向かう。胸の頂が熱い唇に含まれ吸われ、綾優は甘い声で喘いだ。

「あぁっ……ああ……ん」

甘い痺れが全身を包み、また堪え切れずに声が漏れる。秘所からはトロトロの愛液が止めどなく溢れ出てくる。綾優はそれが気になって動きを止めた。

「どうしたの？」

敏感な濱本が顔をあげる。

「先生、あの……シーツ汚れちゃう」

「あ？　ああ、気になるのか？」

頷くと、大きなバスタオルを持って来て、綾優の腰の下に敷く。

「これで安心した？」

「はい、すみません」

続きを再開しようとした濱本にまた声を掛ける。

「あの……ね、血で汚すかも」

「うん、分かってる。バスタオルを敷いただろう？　問題ないよ」

小さな心配も汲《く》み取《と》ってくれる濱本に、心根の優しさを感じて綾優の胸が甘く震えた。

また胸の先端を口に含まれ吸われると、それだけで愛液が滴ってくる。濱本の指が侵入し、蜜壺が掻《か》き混ぜられて、何度も腰が跳ねる。ピチャピチャとイヤラシイ音が耳に届き、恥ずかしさと激しい悦楽に全身が熱くなっていく。中がキツくて目を開けると、濱本が心配そうに顔を覗き込んでいた。

「痛い？」

首を振ると、濡れた中指を見せて笑う。

「ほら、ビショビショに濡れてる」

「もう……解説しなくても……」

「正しい情報に基づいた合意がなされないと」

これは医療行為じゃありませんから。と、内心でツッコミを入れていると、首すじを舌が這い快感で首がのけぞる。乳輪ごと強く吸われながら長い指に中壁を擦られて、鋭い悦楽に綾優の喘ぎ声はますます甘く響き、やがて絶頂に導かれていった。

うっすらと汗をかいた体は、桃色に染まってベッドに横たわっている。

やがて、熱い体が綾優の上にのしかかってきた。

「綾優、膝立てて」

言われるがまま膝を立てる。片膝に手を添えて開かれると、秘所に屹立《きつりつ》が押し当てられて、滑る蜜口にゆっくりと入ってくる。

「大丈夫？　痛くない？」

「ん……痛いけど、我慢できないほどじゃない……かな？」

濱本は腰を小刻みに動かして剛直を進めながら、舌を差し込んで綾優の口腔を食む。夢中でキスに応えていると、一瞬鋭い痛みが走った。

「……んっ」

「綾優、力を抜いて」

力を抜くと自然と体が開き剛直を受け入れやすくなる。

「んっ……ん、あぁ……っ」

中壁を押し開かれる痛みはあるものの、中がトロトロに解されているので、想像していたほどのひどい辛さは感じなかった。

熱い痛みとともに、次第にジリジリとした悦楽が押し寄せて蜜がじんわり溢れてくる。全てが中に収まり、濱本が大きな息を吐いた。

「綾優、大丈夫か？」

「……ん、大丈夫です」

濱本に促され足をそろそろと伸ばすと、二人の体がピッタリと重なった。ギューッと抱きしめられると、暖かい繭に守られているような安堵感《あんどかん》が広がる。

お腹の深い所にものすごい充足感があって、蜜口のあたりが麻痺《まひ》しているみたいに感じられる。

「全部入ったな」

「ほんと？」

そう聞くと、濱本が起き上がって、綾優の上半身を持ち上げた。

「ほら、見てごらん」

言われるまま視線を下ろした。結合部分を見せつけられて、わりと大きなショックを受ける。

すごくイヤラしくて、当たり前だけど生々しくて、たまらなくエロチックだった。

あまりの衝撃で、濱本の顔と繋《つな》がった個所《かしょ》を二度見していると、またキスをされる。

「……んっ」

舌を吸われて、思わず声が漏れる。キスに応えている間に、濱本の指が二人の繋がった部分に入り込み、プクッと突起した花芯を濡れた指で弾《はじ》かれる。

「あぁッ！」

蜜で溢れたそこを指で捏《こ》ねられて、体がビクビクっと震える。

「ああ……っ……あ、やぁ……」

濱本の肩にしがみ付き、綾優は痛みとも快楽ともつかない刺激に震える。

「……っ、あぁーーっ！」

「ああ……綾優の中、キツイ」

濱本が吐息をもらす。なんだか、その吐息が嬉しくて、愛《いと》おしさが増してくる。

さらに続く愛撫に花芯は赤く腫れ上がり、自分の内部が剛直を締め付けるのが分かった。

「せんせ……もう……くるしい」

次第に綾優の息が早くなり、挿入されたまま敏感なところを集中攻撃されて激しい悦楽の海に沈む。自分の意思と関係なく体が跳ね、また絶頂に達した。跳ねる体を抱きしめていた濱本は、綾優の体の力が抜けるとゆっくりと上体を起こした。

「綾優、動いて良いか？」

閉じていた目を開き、綾優が頷くと、濱本はゆっくりと動き始めた。

綾優は痛みに眉をひそめながら、悦楽の表情を浮かべる濱本を夢中で見つめていた。

(こんな顔するんだ……)

「綾優……良すぎ。イク……」

「……っ、あぁ……！　せんせいっ……」

綾優の中で、剛直の容量が大きくなった気がして、その圧迫感を辛く感じた。より大きく硬くなった剛直に最奥を突かれる。抜ける寸前まで腰を引かれ、また突かれ……何度も繰り返されていく内に、衝撃とともに悦楽が波のように綾優を飲み込んだ。

「あぁっ……あ、ひぃ……ッ、あぁっ……やぁ……ッ！」

「……っ、綾優……！」

汗に湿った熱い体で、達した濱本が綾優の上に覆《おお》い被《かぶ》さる。気だるく顔を上げ、綾優にキスを落とす。愛《いつく》しむように優しく舌を絡ませ吸う。

行為の後のキスがこんなに嬉しいものだなんて、綾優は今まで知らなかった。体を引き裂かれるような痛みを与えられているのに、甘い涙がじわじわと沁《し》みてくるのは何故なのだろう……？

綾優は戸惑いながらも、今まで誤魔化《ごまか》していた、濱本に対する自分の気持ちをはっきりと自覚した。

(私、先生のことすごく好きだ……)

互いの口腔を好きなだけ貪り合う内に、荒い息が治まってきた。ゴロンと綾優の上から下り、濱本が大きな息を吐いて脱力する。

少し寒くなったので、裸のままで羽布団に潜り込む。濱本は綾優をギュッと抱きしめて足を絡ませる。悦楽の名残りでぷっくりと腫れていた花芯に濱本の腿《もも》が当たり、綾優はまたビクッと震えた。それを濱本が低い声で笑う。

行為の後の親密さに綾優は夢心地だったのだけれど、濱本は背中や腰を撫でている内に、静かな寝息を立て始めた。

「……！」

寝てしまった濱本に驚きながらも、綾優も疲れていたのか、一緒に寝入ってしまった。


水の流れる音でゆっくりと目覚める。腰に添えられていた手はなく、綾優は一人ぼっちでベッドに横たわっていた。

(雨……？)

外はまだ暗いけれど、もしかして朝になっているのかもしれない。起きあがろうと思ったが、寝室には下着しかない。綾優は下着を身につけて、寝室の椅子に掛けてあった濱本のシャツを借りることにした。

袖を通すと、想像していた通り肌触りが良くて極上の着心地だ。廊下に出て明るいリビングのドアをそっと開けるが、部屋には誰もいない。雨の音だと思ったのはシャワーの音なのだと気が付く。

昨夜脱いだ服がソファーに畳んで置かれていたので、慌ててそれを身につけた。顔も洗いたいし歯も磨きたいが、洗面室は浴室と続いているようなので行きづらい。仕方がないので、シャツを寝室に戻し、コーヒーを淹れようとキッチンへ向かった。

しばらくすると、濱本がリビングに入って来た。

綾優が寝室に戻しておいたシャツを着ている。こんな早い時間にどこかに出かけるのだろうか？

それにしても、体に沿った造りの細身のシャツが良く似合う。身に着けないとその良さが分からない洋服を選ぶあたり、彼はオシャレの強者《つわもの》なのかもしれない。

「綾優、悪い！　病院から応援要請が入ったんだ。これから行かなくちゃいけない。正午までには帰ってくるから、それまでここで待てる？」

「あ、いいえ。バスで家に帰ってまた病院に行きます」

「本当はゆっくり風呂に入って、綾優のあそこを洗ってあげたかったんだけど」

「……えっ？　ええええっ！」

思いも寄らない一言に、動揺して驚きの声を上げる。一気に赤面した綾優を、濱本は面白そうに見つめながら近づくと、赤く染まった頬を撫でて囁いた

「じゃぁ、鍵は病院に持ってきてくれる？　あとで病室に受け取りに行くから。俺が出て行っても、ここでゆっくりしてくれ」

「はい……。あっ、あの、コーヒーを淹れたんですけど……」

「お、サンキュ！　気が利くな」

濱本は嬉しそうにマグカップを受け取り、立ったままで飲み干す。その後は、ゼリーの栄養補助食品を手に玄関へ向かった。

「慌ただしくてゴメンな」

見送る綾優に、チュッとキスが落ちてきた。結局、軽いキスでは終わらなくて、キスは深くなっていく。

玄関先で、これから仕事に行くのに、舌を絡ませるキスに綾優の官能がまた目覚めてくる。大柄な濱本に抱きしめられて、体を押し付けられると、昨夜の行為を思い出して体が熱くなってきた。

名残惜しそうに濱本が唇を離すと、ぽつりと呟く。

「行きたくねぇ」

(私も、行ってほしくない……です)

『行ってらっしゃい』さえも言えなくて、固まったままの綾優は、ぎこちなく出勤を見送った。

濱本が出て行った後、しばらくしてメッセージが届いた。

『言うの忘れてた。お土産、冷蔵庫の中、箱に入ったチョコレートを持って帰るように』

冷蔵庫を開けると、重みのある箱が一つデーンと鎮座していた。

「ペニンシュラ・プラリネアソート？」

あの美人ドクターはハイアットに泊まったと話していたけれど、本当はペニンシュラだったのか？　食事の後の性急な展開に動転して、結局あの人のことは聞けずじまいだった。

濱本が慌ただしく出勤してから、綾優はゆっくりとコーヒーを飲み終え、出過ぎたマネかな？とは思ったけれど、血と体液で汚れたバスタオルを洗濯した。その後、身支度を整えて部屋を出た。鍵を閉めポーチを出てエレベーター前まで歩くと、女性が一人立っていた。

住人だろうと思い、少し離れてエレベーターを待つ。すると……その女性がガバッと振り向いて、綾優を鋭い視線で見つめる。あまりの勢いに、綾優は一歩後ずさった。

（えっ、な、何？）

その女性は、病院のコンビニにいたあの美人ドクターによく似ている。というか、本人にしか見えない。艶《つや》やかなストレートの黒髪に卵型の顔、切れ長の瞳は黒目がちで美しい。上質なコートを羽織り、ドライビングシューズを履いている。

ご近所さんだったから『ご帰宅』というワードが出たのかもしれない？　とにかく、一緒に住んでいないことが分かって綾優は安心した。

気まずいエレベーターをやり過ごし、バスに乗るために病院前まで少し歩く。赤い流線型の外車が猛スピードで走行してきたと思ったら、綾優のそばで減速し、運転席の女性がこちらをガン見して……通り過ぎた。すごく怨念めいた視線に恐怖を感じる。

やはり、あの女性との関係を濱本に聞いておこう。綾優はそう胸にしまった。

病院前からバスに乗り家に向かう間、昨夜のことを思い出していた。初めての経験は、想像していたよりもずっと親密で、濃厚で、濱本を以前よりも近く感じるようになった。

なんだか少しだけフワフワと夢心地でもある。とは言っても、足の間の鈍い痛みはまだ続いているのだけれど。

(帰ったら、お風呂で洗わなくっちゃ。でも、沁みそうだなぁ)

天気が良いので、車窓から見える海はキラキラと輝いている。

(こんな風景、先生にも見せたいなぁ)

気を抜くと、意識はすぐに濱本に向かう。普段はSっ気のある濱本が、優しすぎて実は驚いた。どんな人物か知らなかった時には、ソフトな物腰で優しそうに見えているけれど、中身は違うんじゃないかな?　と、思っていた。それが、心を許せる人間にはオープンマインドな人だと昨夜知ってしまった。

逆に綾優は濱本のように自然に親しい態度はなかなかとれない。もの慣れていないせいもあるけれど、どんなリアクションをしていいか分からなくて、気持ちを小出しにしている状態なのだ。元々、人に簡単に懐《なつ》いたり甘えたりすることが難しい性格だ。心を開ききった後に、相手の気持ちが変わって冷たくされるのが怖い。それに、大事な人が突然目の前から消えてしまう……そんな恐怖を知っているからこそ、人との付き合いには臆病になっていた。

だから今回の出来事は、綾優にしてみればすごい冒険だったのだ。

家に戻ると、郵便受けに病院からの封書が入っていた。

「今週試験なんだよね……」

思っていた通り、封書の内容は試験のお知らせだった。金曜の午後一時から院内の会議室で試験を行うとのこと。勉強をしておこうと、前の病院を受ける時に買った、医療事務の問題集を一応読んでおくことにする。

シャワーを浴びて、気になっていた場所を優しく洗い、新しい洋服に着替えて病院に向かう。祖母は今日も笑顔で綾優を迎えてくれた。祖母の食事が終わり雑談をしていると、吉川が回診にやって来た。ケアマネさんと退院後の相談をして、これからの介護の計画が立ったら退院しても良いと許可が出た。

祖母は嬉しそうに手を叩く。綾優もそれをみて微笑んだ。しかし、なんとなく気持ちが浮かない。退院を喜ばなくてはいけないのに、濱本に会えなくなると思うと寂しい。そんな自分本位な考えを綾優は内心で叱る。

夕方になったので、そろそろ帰ろうと病室を出た。濱本はまだ仕事が終わらないのだろうか？マンションの鍵を渡せないと家に帰れない。

（メッセージ送ったのに……）

コンビニで温かいカフェオレを作ってもらって、車の中で濱本を待つ。『車で待ってます』と入力して、またメッセージを送った。十分後にようやく簡単な返事が届いた。『今から行く』忙しいのだろうと思ったので、ロビーのエスカレーター前で濱本を待っていた。半袖のスクラブを着た濱本がエスカレーターを慌てて降りてくるのが見えた。

その姿を見ただけで、綾優の胸は喜びで震える。スクラブがVネックなので、首から鎖骨までの線が晒されて艶《なまめ》いた色気を醸し出している。おまけに、半袖から伸びた上腕の筋肉や手首までの線にも見惚れる。昨夜の裸身を思い出して、綾優はすっかり茹で蛸みたいになってしまった。

駆け寄ってキーを差し出すと、いきなり腕を取られてエスカレーターに進む。そのまま、二階に引っ張っていかれた。

「先生、どこに行くんですか？」

無言で腕を引っ張る濱本を見上げて声をかけるけれど、返事はない。

（怒っている？　まさか？）

廊下の突き当りを右に曲がり、人気のない外科外来のフロアに向かう。薄暗い診察室の一つに入ると、背中を押しつけられていきなり唇を塞がれた。

「せん……っ！」

強く吸われて、声を奪われる。ヒップをつかまれて引き寄せられた。ピッタリ重なった体の下腹部に当たるそれが何なのかは昨夜学んだ。それが固く大きくなって、キスはますます深くなる……驚いたのは最初だけで、綾優は夢中でキスを受け入れていた。こんな場所で……あり得ないことだ。

「……はぅ……ん、……っふ……」

鼻にかかった甘い吐息が漏れるけれど、それさえも気にならない。二人は盛りのついた動物みたいに、口腔の粘膜を擦り付け唾液を交換する。綾優は濱本の首にしがみついて、押し付けられる昂まりを歓《よろこ》んで受け入れていた。

数分後……濱本の熱がいきなり離れた。綾優の肩に手を置き、荒い息をしている。綾優も息を乱して惚《ほう》けた顔を晒している。濱本は綾優の頬に手をやり、また顔を近づけて……動きを止めた。

「……っ、またキスしたら止まらなくなるな。危なかった……俺、ここでやらかす所だったよ」

「私も」

自分も共犯だと言うように、綾優は小声でつぶやく。

「ごめん綾優。色々ごめん！」

「……忙しかったんでしょう？　鍵は回診に来られた吉川先生にでも預ければよかったですね」

それを聞いて、濱本は苦笑する。

「あいつにそんなものを託したら、いらん詮索をされるぞ」

まぁ良いけどな……といいながら、綾優の髪を手で梳く。

「綾優、今日は帰るのか？」

「帰ります……。あの、お土産ありがとうございました。ペニンシュラに泊まったんですか？」

「うん。学会で同期に会ってね、奴のホテルで飲まないかって誘われて、そのまま部屋を取った」

「そうだったんですね」

「……なぁ、帰るの？」

「はい」

ずっと一緒にいられるわけがないのに、濱本は甘く綾優を誘う。

「綾優、大丈夫だったか？　洗った時に痛くなかった？」

それを言われると恥ずかしくて顔が赤くなる。

「はい……大丈夫です。先生、私暗くなると運転が本当に怖いので、帰りますね」

「お前、冷たいなあ」

「だって……」

ようやく諦めてくれたのか、綾優の手を取り車まで送ってくれる。

「じゃあ明日」

名残惜しそうに見送られ、綾優は車を走らせた。

(私だって、今夜も一緒にいたいです……)

バックミラーで小さくなる濱本を見つめていると、引き返したくなる。でも、それは良くないことだと思うのだ。我慢はやっぱり必要で、少しだけ自分を律するのは正しいと綾優は信じていた。

翌日も祖母を見舞い、洗濯の後でスマホを見ると、濱本からメッセージが届いていた。

『今日十八時にメシ迎えに行く』

ますます暗号化してくる濱本からのメッセージに苦笑する。

(どうしよう……医療事務の問題集をもっと読みたいけど……でもやっぱり会いたい)

『はい、今日は私が奢《おご》っても良いですか？』

いつもごちそうになってばかりだし、頂いたお土産もググったらとても高いチョコレートだったので、今日は地元で人気の麺屋さんにお誘いしようと思っていたのだ。

『地元でオススメの店を宜《よろ》しく』

気持ちが通じ合っているかのような返事に驚く。

「先生ったら……」

思わず笑みが溢れた。最初は言葉使いも丁寧で穏やかな印象の濱本だったが、今では俺様指数が急上昇中だ。あのソフトな印象は幻だったのかと遠い目になるが、不快ではない。逆に、気を許して素顔を見せてくれているのだと思うと嬉しくなる。

多分、お互いによく見せようとして、最初は猫をかぶっていたのかもしれない。

どう言えば良いのか分からないけれど、肌を合わせるって、物理的に近づくと同時に気持ちも近づいていくわけで……綾優は濱本と結ばれた日に、互いの愛情を確かに感じた気がしていた。

しかし、自分は濱本の『彼女』なのか？　少しだけ計りかねている。それは、綾優が今まで誰とも本格的な交際をしたことがないからかもしれないし、きちんと『交際しよう』と告白をされていないからなのかもしれない。

夕方、濱本と一緒に地元の素朴な味を堪能した後、綾優は意気揚々とお財布を握りしめた。

「先生、今日は私に支払をさせてくださいね」

そう言って、急いで会計に走る。濱本はその後をゆっくりとついて来て、「ごちそうさま」などと言う。そんなところも好きだ。食事をする所作も男性にしては上品で、自分の方がガツガツしているかもしれないと不安になるほど。

「いつもごちそうになっているので、お返しなんてこれくらいしかできませんけど」

「綾優」

呼び止められて振り返ると、濱本がニヤっと笑った。

それを見て、綾優はギクっと身構える。

「お返し、もっと欲しいんだけど」

「だっ、ダメ！」

「何も聞かない内からダメって酷《ひど》くないか？」

車のそばにたどり着いていたので、濱本の手を逃れて助手席側に走る。ドアの解除を待って、さっさと車内へ乗り込んだ。エンジンをかけた濱本が予想通りの言葉をかけてくる。

「綾優、今夜泊まる？」

「泊まり……ません」

「ふーん」

「……」

俯く綾優に、濱本はボソッと呟く。

「知ってた？　期間を置くと、処女膜って元に戻るんだって」

「うそっ！」

驚いて顔を向けると、濱本は、もう笑っていた。

「……なんちゃって」

「もーーっ！　一瞬信じちゃいました」

「期間を空けると、また痛みや出血はあるらしいけどな」

（期間ってどれくらいなんだろう？　また痛いのは嫌だなぁ……ん？　今のは真実？）

「先生、いまのは？」

「ホント。綾優、今日はマンションでコーヒー飲んだら家まで送るから、おいで」

「……はい」

処女膜の都市伝説？　に騙《だま》されたわけではないけれど、もしかして今日もする……のかと思うと体が小さく震えてくる。

怖いとかじゃなくて、これは興奮。濱本を知れば知るほど、もっと知りたくなって果てがないから怖い。物事は中庸が一番だ。過不足のない調和は、綾優にとって大切なことだ。

キッチンでコーヒー淹れている最中、今度こそ濱本に赤い外車を駆る女性ドクターのことを聞いてみることにした。

「先生、同じ階に住んでいて赤いスポーツカーに乗っている女医さんって……」

途端に濱本が苦い顔をする。苦いと言うか、どちらかと言うと、すごく嫌そうな顔だ。

「隣、外科医、同期で向井《むかい》って言うんだ」

暗号めいた返事に不機嫌さが漂う。

「向井先生っていう方なんですか、美人ですよね？」

「メスゴリラ」

「……はい？　今なんとおっしゃった？」

「あいつはメスゴリラ。綾優、近づくと首をへし折られるぞ」

その発言を聞いて、一瞬で青くなる。

「あの、先生、この前の朝にマンションのエレベーターでご一緒しました」

「何もされなかったか？」

何もされなかったけれど、かなりジロジロ見られた気はする。それを言うと、本気で心配された。

「俺も気に掛けておくけど、就職したらなるべく近づかないようにしろよ」

「はい」

お土産をあの女性に買ったのかも知りたかったのだが、そこまで聞くのは踏み込みすぎだろうか。

「綾優、また何か悩んでんの？　難しい顔して」

（……聞いちゃおうか？　良いよね）

ウジウジせずに聞いてみようと勇気を出す。

「先生っ」

「言ってみ」

「あの……メスゴじゃなくて、向井ドクターが先生にお土産を頼んだって偶然聞いたんですけど、本当ですか？」

「お前、なにげに地獄耳？」

「いいえっ！　病院のコンビニで偶然耳に入ったんです」

「医局であいつが、お土産がなんたらって喚《わめ》いていたけど、俺全然聞いてなかったんだよ。あいつ何て言ってた？」

「ハイアットのマロンケーキを頼んだって……」

「へえ、そうなんだ」

他人事のような返事がおかしくて、綾優はクスクスと笑ってしまう。

「おかしいか？」

「……何となく」

「綾優、それ聞いて妬《や》いた？」

そう尋ねられながら、後ろから抱きすくめられる。耳の後ろに鼻先を擦り寄せられて、愛優は肩をすくめる。そして、耳たぶが優しく噛まれ、綾優の肩がまたピクッと動いた。

「先生……キッチンでは危ないです」

「危なくないよ。機械がコーヒーを淹れているだけなんだから」

そりゃそうだけど、やっぱりキッチンは危険だと思う。

（『キッチンではエロ禁止』ってチラシを作って、冷蔵庫に貼っておこうかな？）

そんなことを考えている間にも、濱本の手はカーディガンのボタンを簡単に外し、柔らかいカットソー越しに、ブラのホックも外した。背中越しの熱が心地良くて、思わず体を擦り寄せたくなる。

（どうしよう、先生が癖になりそう）

こんなに濱本に馴《な》らされてしまって、大丈夫なのだろうか？

うつむく綾優の首筋にキスが落ちてきた。後ろから触られるのが好きなのも、濱本はすでに学習しているし、首が弱いのもとっくに知られている。胸を包んでやわやわと撫でられると、体が騒めく。先端が指で擦られてズキン……と甘い悦楽に震えた。左の首を唇が這うと、それだけで蜜壷から甘い汁が溢れてくる。

「あっ……ぁ、ンッ……」

今キスして欲しい。そう願うまもなく、顎を捉えられてキスが始まる。体の向きを変えて、濱本の首にしがみ付いた。すでに半裸になっている綾優の胸が濱本のセーターに触れて擦られる。それだけの刺激でも体の中心からジワジワと悦楽が登ってくる。いつの間にかカットソーやブラが床に落ちていることに気がついてハッとする。

「わっ！　先生、ここ、こっ……」

「何で焦ってんの？」

「だって、こんな所で……」

「じゃあ、寝室に行こう」

そう言って、綾優の手を引っ張りズンズンと廊下を進んでいく。

「先生、コーヒーは？」

「後」

あの送別会の夜から……濱本のことを考えただけで綾優の中は簡単に甘く蕩けてしまう。体が変なのでは？　と心配するくらい、期待と興奮で体が熱くなるのだ。

これは多分、例の神経伝達物質のせい。βエンドルフィンだっけ？　報酬系の脳内麻薬。おかしくなるのは、きっとそのせい……と、既に言い訳にしか過ぎない戯言《たわごと》を心の中で呟く。

ベッドに横たわり、重い体を受け止める。冷たいシーツが、二人の体温ですぐに暖かくなっていく。

「俺、我慢できない。もう挿れても良い？」

「ん……大丈夫、だと思う」

蜜口を屹立がツンツンと突くと、それだけで中が期待に震えてしまう。クチュン……と侵入してくる剛直は奥に入り込むと内臓が圧迫されるように感じる。

「……っ……んんっ……」

「まだ痛い？」

「ちょっとだけ……です」

突き上げられて、お腹の奥に大きな存在を感じる。中のモノの質量が増すごとに、焼けるような痛みを打ち消す悦楽に体が支配されていく。濱本が腰を小刻みに揺らすと、浅い場所で快感が生まれて……腰から背骨にかけて甘く蕩けてくる……気持ち良すぎて、どうしたらいい？

「んんっ……あ、あぁンッ！」

自分のものとは思えない、甘ったるい声が自然と零《こぼ》れる。

「綾優……すごい、締まってる……ッ」

「ああっ……そこぉ、やぁーー！」

濱本の腰が肌を叩く音が高まるにつれて、綾優は悦楽に溺れていった……。

綾優の上にピッタリと重なって、濱本は弛緩《しかん》したまま微動だにしない。その重みで綾優はベッドに貼り付けにされている。もう限界！　と言いそうになったその時、濱本がゴロンと横に転がった。そのまま綾優の体を引き寄せて、ギュッと抱きしめる。

「ごめん、重かっただろう」

濱本の身長は百八十センチを軽く超えているはずで、過不足なく筋肉に覆われている。

「先生、何キロですか？」

「七十五キロくらいかな。もう少しで綾優を漬物にするところだった」

背中を撫でていた濱本の手が腰に下りてきて、今はヒップの丸みをなぞっている。なんだか非常に危険な気がする。綾優は今夜、家に帰ろうと思っていた。祖母の衣類の洗濯をして、明日も早めに行ってあげたい。今夜このマンションに泊まればそれができなくなる。本当はこのまま抱きしめられて眠りにつきたいところだが、そろそろ帰らなくてはいけない。

「先生、私帰ります」

「えっ……ほんとに帰るのか？」

「帰ります。明日も早めに祖母のところに行ってあげたいし」

「しゃーないな」

濱本はベッドから降りて寝室の電気をつける。綾優が衣類を探していると、キッチンから服を持って来てくれた。

実家に向かう間、車内ではコーヒーの話になった。綾優がコーヒー好きだと言ったのを覚えていたのだ。

「綾優、コーヒーはどこで買ってるの？」

「ネットです。前の病院の近所の豆屋さんがネットショップをしているので、そこで買っています」

スーパーで人気のコーヒーチェーンの粉を買っていたけれど、やっぱりスペシャリティーコーヒーや色々なコーヒーを飲みたくて、ネット購入を始めた。

「俺のも選んでくれないか？」

「はい。どんなのが良いですか？」

「香りの良い、ちょっと苦いの」

「じゃあ、数種類、注文しますので好きな味を選びますか？」

「うん、任す」

「先生……」

「ん？」

「私も飲みに行っても良いですか？」

「ブッ」

濱本がいきなり吹き出したので、綾優はキョトンと顔を見上げる。

「笑うポイントがどこにありましたっけ？」

「綾優は、コーヒーで釣れるんだな」

「あ……」

金曜日の朝

祖母の介護度が上がって、サービスを受けられる範囲が広がったとケアマネさんから知らされた。それを受けて吉川からは退院許可が出た。吉川は祖母の顔を笑顔で覗き込む。

「そろそろ退院する？　リハビリの成果も出ているようだし」

祖母と綾優は揃って「はいっ！」と即答した。

「おばあちゃん、午後からの私の試験が終わったら、退院する？」

「そうしようか、ようやく帰れるのね」

綾優は早速濱本に退院が決まったとメッセージを送った。気の重い午後の試験が終わったら、祖母と実家に帰ろう！

一時からの試験まで緊張を鎮めようと、自分の車で問題集を読んでいたら濱本からメッセージが届いた。

『どこ？』

『ロビー前の駐車場にいます』

メッセージを読んで病室に来てくれたのかもしれない？　そうなら嬉しいけれど、仕事はちゃんとしているのかな？　と心配になる。

しばらくすると、濱本がコンビニ袋を下げてやって来た。綾優の車を見つけると、助手席に乗り込む。

「試験が終わってからお祖母さんと帰るのか？」

「はい、その予定です。先生、お昼ゴハンですか？」

「うん。ここで食って良い？」

「狭いですが、どうぞ」

オニギリ三個と唐揚げに野菜ジュース。栄養バランスに一応気を使っている感じではあるが、こんな食事でいいのだろうか？

「先生、それで夜まで持ちますか？」

「一時から簡単な手術が三件続くけど、間で口に入れるから大丈夫だよ」

「エネルギーチャージのゼリーとか？」

「うん」

「……」

綾優の眉は意図せずひそめられていたようで、濱本が粗食の言い訳をする。

「あのさあ、いつもは医局で栄養バランスのとれた弁当を食べているんだよ」

「そうなんですか？」

「お前の顔を見ながらメシが食いたくてコンビニで買ったんだよ。そういうの分かってないだろ？」

そこまで言わせてようやく濱本の気持ちに気がついた。

「ごめ……ごめんなさい」

オニギリを頬張《ほおば》っているので、口の中をモゴモゴさせながら濱本が言う。

「謝る必要ないよ、怒ってないから。これで分かった？」

「は、はい」

ここまでダイレクトに言ってもらえないと、分からない自分に呆《あき》れてしまう……それでも、嬉しくて頬が緩む。

「綾優ってさあ、賢い割にはスコーンとどこか抜けてるよな」

賢いのは同意しかねるけれど、抜けているのは間違いない。申し訳なくて、綾優は俯く。

「まったく……面白すぎ」

「え？」

「付き合うのに手ぇかかるけど、飽きないわ」

「そうですか……。って、ええっ⁉」

聞き間違いでなければ、今『付き合う』と言われた気がする。綾優は唐揚げを咀嚼《そしゃく》する濱本をバカみたいに見つめていた。

「あっ、あの、私達ってその……付き合っているんですか？」

濱本は、苦笑気味で頭を掻く。

「綾優……そろそろ自覚しろよ。付き合ってるに決まってるだろう？　お前ってやつは……ま、そこが可愛いんだけどな」

（か、可愛いって言われちゃった……）

綾優はジワジワと熱くなる頬に両手を添えて、嬉しさを噛《か》み締《し》める。

「おっ、時間だ」

濱本が車外に出たので、綾優も見送りのために外に出る。今日は面接なので紺色のスーツを着ているのだが、それを見て濱本が頬を緩める。

「スーツ姿も良いな」

「そ、そうですか？　着慣れなくて、緊張します」

「俺が応援しているから大丈夫だよ。じゃ、頑張ってこい」

そう言うと、急いで病院に向かった。濱本が座っていた助手席には、オニギリが一つ残っていた。

試験会場には、十人の女性が集まっていた。濱本が残したオニギリは、綾優の胃袋にちゃんと納まって、手術室から念を送ってくれているせいか、緊張も解《ほぐ》れてきた。

一般常識と作文の筆記試験の後は面接だ。

面接を待つ間に、一人の女性が綾優の目に付いた。その人は長い黒髪が美しい女性で、外部委託されてこの病院に勤務している医療事務からの転職希望者だった。

その女性と一緒に面接を受けたのだが、綾優が吉川の紹介で受験をすることになった経緯を話すと、女性がこちらを凝視しているのがわかって、ドキッとした。

面接を終えて部屋を出ると、黒髪の女性に声をかけられた。

「あの……」

「はい」

「吉川先生の紹介ってお聞きしたんですけど、差し支えなければどういう関係か教えて頂けませんか？」

関係と言われても、元々は濱本との繋がりだし、説明のしようがない。

「知り合いと言うか……吉川先生に直接聞いて頂いた方が良いと思います。私の方でどういう関係かお話するほどの深い繋がりはないんです」

女性は眉をひそめて思案していたが、綾優の返事を聞いて、あっさりと引いた。

「分かりました」

この女性は、吉川とわけありなのかもしれない。綾優はそんなことを考えながら会釈をして祖母の待つ病室に急いだ。

「綾優ちゃん、おかえり」

「おばあちゃん、お待たせ。家に帰ろう！」

祖母は荷物も片付けて、全ての用意を済ませ、ベッドに正座して待っていた。

「帰ろうかね」

荷物を持つ綾優の後ろを、杖《つえ》をつきながらゆっくりと歩く。

スタッフステーションで看護師に挨拶をしてロビーに降りると、呑気にもコンビニ帰りの吉川にバッタリ会った。

「綾優ちゃん！」

大きな声で名を呼び、手を振ってこちらに駆け寄って来る吉川は、まるで人懐っこい中型犬のようだ。

「先生、お世話になりました」

綾優が挨拶をすると、意外にも医者らしいことを言う。

「井沢さん、ムリせずゆっくりと自宅リハビリを継続してくださいね」

「はい。先生お世話になりました」

祖母が頭を下げて挨拶をする。祖母としばらく話をしていた吉川は、ふと綾優を振り返った。

「試験どうだった？」

「なんとか答えは埋めましたけど……多分ムリだと思うんです」

「えーっ、どうして？」

「外部委託の医療事務の方がしっかりされていたので、その方が有力だと思います」

「ふーん」

「その人に、吉川先生とはどんな関係ですかって聞かれました」

「えっ？　もしかして上甲《じょうこう》？　髪の長いキツイ顔の」

「あ、そんな名前だったかも……でも、キツイ顔じゃないですよ。綺麗で率直な方でした。先生に直接聞いてくださいって話しましたので」

「うへぇ」

嫌そうな顔の吉川を見ながら、ますます彼らには何かある！　と綾優は確信したのだった。

家に辿《たど》り着《つ》きお茶を飲んでいると、ケアマネがやって来て、ヘルパーの訪問やデイサービスについての話をした。綾優が仕事を始めると仮定して、祖母のスケジュールを組んでくれる。話し合いの結果、祖母が一人でいる時間をなるべく少なくしてもらうことになった。

自室に戻って、濱本にメッセージを送る。

『おにぎりごちそう様でした。祖母と家に戻っています』

すると、夜の八時に返信が届いた。

『今仕事が終わった』

これから夕食なのだろう。なんとなく疲れているのじゃないかと思われて、心配になる。

『お疲れ様です、これからご飯ですか？』

『オッサンと二人で外食』

吉川とだろうか？　二人ともまだオッサンの年じゃないけれど……そこはスルーして返事を送る。

『そうですか、行ってらっしゃい』

業務連絡みたいなメッセージを終わらせてベッドに転がる。綾優は今日車の中で濱本からかけられた言葉を思い返していた。付き合っているんですか？　と聞いた時の返事……そろそろ自覚しろって、あれはそう言うことだよね？　冷静に自問自答しようと思うのだけど、あの時の濱本の表情を思い出して、綾優は身悶《みもだ》えしそうになる。

あの顔は反則だ……試験の直前なのに、心臓を撃ち抜かれたみたいな衝撃だった。

（先生、言葉足らずなところはあるけど、死ぬほどカッコいい……）

試験を受けたのは金曜日だったので、まさか、月曜の午前中に結果が届くとは思ってもいなかった。

ポストに届いたのは『採用通知書』

半分諦めていたので、愛優は飛び上がるほど嬉しかった。採用されたことを伝えると、祖母はとても喜んでくれた。

「綾優ちゃんが病院にいるんなら、何かあっても不安じゃないね」

そう言ってくれるのだけれど、『何か』が祖母に起こるのは、正直怖い。

第四章　お仕事開始

『採用されました』

濱本にメッセージを送ると、二時間後に返信があった。

『よかったな』

いかにもテンションの低そうな返信に首を傾げる。どうしたのだろう？　実際に会っていないので機嫌までは計れないから心配だったけれど、どうせ水曜には病院に行くからその時に会って話をしよう。そう思っていた。

午後十一時、寝る用意をしていたら、いきなり濱本から電話が入った。びっくりしてスマホを落としそうになりながら応答する。

「はい。先生？」

「綾優」

「こんばんは」

「うん」

やっぱり元気がない。

「先生、どうかしたんですか？」

「この時期に、インフルで外科医二人が休んでいるんだ。代わりに、外来と病棟業務と手術を残った三人でさばいている」

「うわ……それはキツいですね」

多分、延期できる手術は数件だろうし、待ったなしの緊急手術は当然発生する。

今濱本は、絶対に倒れる寸前まで疲れているはず。なんとか自分にできることはないだろうか？

考えるよりも先に言葉が出た。

「先生、ご飯を作るくらいしかできませんが、明日の夜そちらに行きましょうか？」

「お祖母さんは？」

「ケアマネさんに相談します」

「綾優、おまえの家族に迷惑をかけたくないよ」

「先生、私に来てほしくないんですか？」

「木曜には奴らが出勤する予定だから、大丈夫だよ。水曜には会えるだろ？」

「……はい。分かりました」

濱本は我慢強い上に弱みを見せない。綾優は地団駄を踏みたい気持ちを抑えて電話を切った。

(どうして、弱いところを見せてくれないんだろう？　力になりたいのに……ばか)


翌日。

祖母がデイサービスに行っている間に、頑固者の濱本に会いに行こうと決意した。お弁当を作ってメッセージを送る。

『今日のお昼に少しで良いから会いたいです。ロビー前の駐車場で待っています』

会いたいと言えば、どんなに忙しくても来てくれる気がした。弱みを見せない人には、こうするしかないと思ったのだ。

十一時に病院に着いて、メッセージをチェックすると、『ＯＫ』の返事が届いていた。

今までで最短の文章だ。しかし、こんな愛想のない返事にも、もう慣れた。

何時になるか分からなかったけれど、待つだけ待ってみようと思った。一時間半後、濱本が白衣をたなびかせて急ぎ足でこちらに向かってくるのが見えた。

「綾優」

車内に入ると、肩を引き寄せて、ギュッと抱きしめてくれる。

「どうした？」

自分が疲れているのにこちらの心配をしてくれる優しさに愛優の胸が熱くなる。

「先生、お弁当を作ってきました。食べる時間ありますか？」

「え……っ？」

戸惑う濱本に、綾優はドキッとした。もしかして迷惑だったのかもしれない？　一瞬で青ざめながら、必死に謝る。

「すみません、どうしても栄養をとってほしくって、迷惑でしたよね」

「いや、これから医局の弁当を胃袋に詰めて、また手術だった。作ってくれるなんて思ってもいなかったから驚いた。食べても良いのか？」

「はい。よかったらこれ持って行ってください」

弁当の入ったトートを差し出すと、濱本は中を覗き込んで歓声を上げた。

「美味そうだな！　ここで食べる」

車を人目につかない場所に動かし、食べてもらうことにした。

「綾優の料理なんて初めてだ」

そう言えば、奢ってもらってばかりで、こんなことさえ思いつきもしなかった。

「本当ですね。いつもご馳走してもらうばかりで、早く気が付けばよかったです」

「無理しなくても良いよ」

自分は無理ばかりしているのに、綾優にはそんなことを言うのだ。

「先生、週末には休めますか？」

「うん。日曜は休めると思う。一日十五時間労働で十日間ぶっ通しだ。でもこれも明日インフルで休んでいた医師が出勤するまでの辛抱だ」

ドクターだから、激務には慣れているのは知っているけれど、せめて週一くらいは休ませてあげたい……過労死はしないだろうけれど。

「休みがどうしたって？」

「……お休みは、やっぱりゆっくり寝ていたいですか？」

綾優の問いに濱本は、ニヤっと笑った。

「そうだな、綾優が添い寝してくれるなら、一日中寝ているのも良いな」

濱本にいつもの調子が戻って来たようだ。それにしても難しい注文だし、こんなことを言うのは恥ずかしいけれど……。

「先生あの、注文したコーヒーも届いたので、週末にお持ちしたいと思いまして……その、よろしければ、添い寝と言うか……お供しましょうか？」

「ブブッ」

綾優は必死の思いで伝えたのに、濱本に吹かれた。

「綾優、顔が引き攣《つ》っているぞ」

一世一代のセリフだったのに笑われてしまい、綾優はガックリと肩を落とした。

「……楽しんでいただけて良かったです……先生、早く食べないと手術に遅れちゃいます」

濱本は言われた通り食事を再開する。

「ごちそう様」

「あの、コーヒーもどうぞ」

綾優が入れたコーヒーを一口飲んで、こちらに顔を向ける。

「これ新しい豆？」

「はい。良く分かりますね」

いつもながら、五感が鋭い。これは昨日届いたスペシャリティーコーヒーを淹れたものだ。

「美味いな。これも持ってきてくれるのか？」

「はい」

「楽しみだ。じゃあ……行くわ」

「はい」

濱本の手が肩にかかったから、またハグしてくれるのかと思った。腕を伸ばそうとしたら、グイッと引き寄せられて唇が落ちてくる。

「あっ、や……」

最後まで言わせてもらえなかった。

以前車の中でした軽いキスではなくて、行為の最中のような激しいキス。唇も、舌も持って行かれそうだ。

「んっ……んんっ」

夢中で応えて、気が付いたら耳を齧《かじ》られてまた声が漏れる。首筋を甘噛みされて、背中に電流が走った。

「あっ……！　せっ、せんせい……じかん……」

「ああ」

「綾優、週末は朝からマンションにおいで」

濱本の命令？　に、綾優はキスの余韻が残った顔で頷いた。綾優から渡されたコーヒーマグを手に、濱本は病院《せんじょう》に戻っていった。

その週末、綾優は濱本のマンションに朝から向かった。桜もチラホラと綻んで、どこかで花見ができたら良いなと思う。祖母に手伝ってもらって、稲荷《いなり》寿司や唐揚げなどを作り重箱に入れてコーヒー豆も持参した。

しかし、玄関先で早くも濱本の抱擁を受けてベッドに直行する有様で……。行為の後、重箱を開けたのは夕方になってからだった。それでも、疲れているにもかかわらず、濱本が充足した表情で綾優を見送ってくれたので、安心して帰路に就いたのだった……。

四月になり綾優は初出勤の日を迎えた。祖母が見送る中、面接の時と同じスーツを着て、院内用のナースシューズや筆記用具をバッグに入れ、小さなマイカーで病院に向かう。

事務局では、十人ほどの職員が静かに仕事をしていた。皆、ＴＰＯに合わせた服装で、首からネームカードを下げている。

提出書類を渡すと、医局に案内してくれた。医局は濱本の話通り、だだっ広い場所にパーティションで区切ったプライベートスペースがあり、中央には、ＯＡ機器が並んでいる。中央のパソコンが並んだ場所に、女性が二人座って仕事をしていた。

「循環器クラークの井沢さんをお連れしました」

事務局の男性の紹介で女性二人に挨拶をすると、年配の女性が立ちあがって綾優に声をかける。

「井沢さん、案内しますね。こちらへ」

ロッカールームや給湯室、書類倉庫や図書室など、次々と案内され最後にプリントを渡された。

どの場所に何科の医師がいるかという配置図と院内マップ、仕事の主な内容と電子カルテや使用ソフトの操作方法が書かれた、まぁまぁ厚いマニュアルだ。

「午前中の外来が終わるまで、ここで座って読んでいてください」

そう言われ、二人の女性の隣の席を示された。

資料を真剣に読んでいるうちにドヤドヤと足音が聞こえてきたが、キョロキョロするのも恥ずかしいので黙々と資料を読みふけっていた。

「井沢さん？」

「はっ、はい」

声をかけられて顔を上げると、目の前にショートカットの三十代くらいの女性が立っていた。

立ち上がって挨拶をして周りを見渡すと、静かだった医局に人が溢れている。

（うわっ、多い！　ちょっと怖いかも）

無意識に濱本を探して、ハッと我に返る。ショートカットの女性は、名を兵頭《ひょうどう》と名乗った。

「引継ぎはひと月以上あるから、じっくりいきましょうね」

「はい。クラークは初めてなので、色々教えてください。宜しくお願いします」

兵頭が優しそうな印象だったので、綾優はすっかり安心していた。相性の悪い人だったらどうしようと心配していたのだ。

ひとまず昼食をと、兵頭に付いて医局の向かいの小部屋へ入った。

「ここは資料室だったんだけど、外来クラークが占領しちゃったのよ」

エアコンやTVが置かれ、テーブルを十席ほどの椅子が囲んだ、落ち着ける空間になっていた。

「穴ぐらみたいで、落ち着きますね」

「でしょ？」

二人で食事をしていると、あっと言う間に他のクラークもやって来て部屋は一杯になった。

入りきれない人は、どこでご飯を食べているのだろう？　心配になって兵頭に聞くと、不思議な話をされる。

「それぞれの外来で食べる人もいるわね。あとは仲良しさんと一緒に食べている人も」

「仲良しさん？」

「ドクターのパーティションの中よ」

「え？」

首を傾げる綾優に、兵頭はフフッと笑う。

「井沢さんって、外見通りスレてないのね。あとで相関図をコピーしてあげるから頭に入れておくと良いわよ」

「相関図？」

「誰が、どのドクターと仲が良くて、どこまでの関係かってもの」

「……！」

（マズイです！　先生っ、私もその相関図に載るかも⁉　絶対にそれは嫌です）

一瞬で変な汗が出て気分が悪くなった。綾優が頭を抱えていると、兵頭が心配して声をかけてくる。

「井沢さん、どうかしたの？　頭痛？」

「いいえ。だ、大丈夫です」

髪をかきあげて汗を拭いていると、兵頭が突然含み笑いをはじめた。

「あら。ウフフ……井沢さんったら、耳の下」

「はい？」

目を細めて近づくと、綾優の耳元で内緒話をする。

「キスマーク、付いてますけど」

（ヒィ――！　ど、どど、どうしよう）

焦りまくる綾優に、兵藤は平然と笑顔をむける。

「あとでテープを貼ってあげるから大丈夫よ。それより、彼氏がいたのね。よかったらどんな人か聞かせてね」

「うっ……」

（む、無理です兵頭さん）

午後からは診察がないので、循環器の診察室七診で書類作成をすることが多いらしい。綾優も早速案内されてソフトの操作などを教わる。電子カルテは確かにサクサクと動く。あまりストレスを感じなく作業ができそうなので嬉しい。

「わぁー！　動きが良いですね。すごいな」

喜ぶ綾優を見て、兵頭から質問が飛んできた。

「そう言えば、同じシステムの病院にいたって吉川先生から聞いたんだけど、どこの病院にいたの？」

綾優が市名と病院名を言うと、兵藤が手を叩く。

「あっ！　そこって、濱本先生と同じ病院だよね？」

ドキドキして心臓に悪い。濱本の名前が出るだけで、いちいち動悸が激しくなる。

（鎮まれ、私の心臓）

「は、はい。同じ時期に退職したんです」

「あの方、めちゃくちゃクールなんだけど、前からそんな感じだった？」

「えっ……？　クールなんですか？」

「そうなのよ。患者さんには丁寧で優しいんだけど、仕事には厳しいし、どんな美人が声をかけても相手にしないし、飲み会にも参加しないのよ。ね、どんな感じだったの？」

「えっと……」

どう答えようかと思案していると、兵頭のピッチに連絡が入った。綾優のＩＤカードができたと言うので、事務局へ向かう。帰りのエレベーターの前で、あの美人ドクターの向井が立っていたので、隠れるように階段を使い七診に急いだ。

濱本のマンションの部屋から出て来たのが自分だと知られたら、どんなことになるんだろう？　想像するだけでも恐ろしい。

七診に戻ると吉川がいて、満面の笑みで迎えられた。

「綾優ちゃんお疲れっ！」

「お、お疲れ様です」

やっぱり吉川のテンションには付いていけない気がするものの、仕える身なので職場で塩対応はできない。綾優は曖昧な笑顔を返した。すると、兵藤が吉川に厳しいツッコミを入れる。

「吉川先生、邪魔しないで仕事に戻ってください。これから心カテがあるんでしょ？」

「兵頭、そう言うなよー！　可愛げないって、彼氏に言いつけるぞ」

「おあいにく様。先生にわざわざ言われなくても、彼はとっくに知っていますから。ほっといてください」

「へーへー、そうですか」

吉川はブツブツ言いながら出て行こうとしたが、何かを思い出して綾優に話しかける。

「そう言えば、綾優ちゃん、は……」

「きっ、吉川先生っ‼　ちょっと、ご相談がっ！」

綾優は慌てて吉川に詰め寄ると、腕をとってそのまま廊下に出た。

「綾優ちゃん、どうしたの？」

「先生！　あのっ、濱本先生のことは内緒にしてください！」

綾優は必死に小声で訴えた。

「へぇ、そうなの？」

「いや！　笑わなくて良いし」

「分ったよ、内緒だね」

そう言うと、ニヤニヤ顔で去って行った。冷や汗を拭きながら部屋に戻ると、兵藤が立ち上がって迎えてくれる。

「井沢さん、顔が真っ赤だけど本当に大丈夫？　吉川先生に何かされた？」

「あ、いいえ。吉川先生は何も……す、すみません」

「そう？　ま、吉川先生がウザかったらいつでも言ってね。腕は良いし、職員を食い散らかす人じゃないから安心なんだけど、ちょっと軽いのよね」

「はい」

嘘もつけないけど、本当のことも言えない状態は、兵藤が良い人なだけに辛いものだ。綾優は初日から罪悪感に襲われながら過ごした。

夕方になる頃には、兵頭とお互いのプライベートをあらかた伝え合っていた。濱本のことは言えなかったけれど……。

兵頭は製薬会社の営業職の男性と結婚予定で、五月末には県外に引っ越すのだそうだ。

「イケメンでも高学歴でもない普通の人よ」

そう言って照れる兵藤がとても好ましくて、綾優はいい人だなぁと思う。

三時の休憩でスマホチェックをしたら、濱本からメッセージが届いていた。

『終わったら連絡して』

『はい』

返信して、ため息が漏れる。

なぜならば、例の『相関図』を見たからだ。濱本に矢印が何本も向いていて、全部ハートマークが付いていていた。やはり気になるのは向井ドクターからのもの。でもおかしなことに、向井ドクターは他のドクターにも何本かハートの矢を向けている。

綾優は勇気を出して兵頭に尋ねた。

「あの、向井先生はどうしてハートの矢が沢山あるんですか？」

兵頭は笑いながら、「あの人、必死なのよ」と言う。

「必死？」

「医者で割と美人で……モノとしては最高ランクなのに、雑な性格で、ある意味バカだからいつまでたっても医者を捕まえられないのよ。なんでも、大物のお父様から、医者と結婚しろ！って、きつく言い渡されてもう何年……らしいわよ」

兵頭は情報通のようだ。なぜそんなことまで知っているのだろう？　不思議に思って聞いてみた。

「彼が営業だから、豆情報を手帳にびっしり書いていたのよ。読ませてもらったら、割と使える情報でね、クラーク仲間の性格の良い子達にだけ、身を守らせるために相関図を作って渡しているってわけ。あ、相関図は門外不出よ。私たち以外の人には内緒にしてね」

「はい」

綾優はますます妙な汗をかきながら、情報の価値というものに思いをめぐらせていた。ただただ怖いとしか言いようがないのだけれど……。

『仕事終わりました』

五時になって濱本にメッセージを送る。すぐに『外科外来においで』と指令が届いた。

人気のない外来ロビーは薄暗く、誰もいないはずなのに、どこかに何かが潜んでいそうな怖さがある。小窓から明るい光の漏れる外科のドアに駆け寄りノックをすると、ドアが開いて濱本が顔を出した。

腕を引っ張られて、ほとんど引きずり込まれるようにして中に入る。

パソコンの周りに書類や本が散らばっている。午前の外来の後、ずっとここに籠って仕事をしていたみたいだ。医局よりもここが集中できるのかもしれない。

「先生、お疲れ様です。まだ帰れないんですか？」

「うん。この後、病棟の見回りが終わったら帰る」

「先生、あの……」

「なに？　綾優、こっちにおいで」

椅子に腰をかけた濱本の側に近づくと、軽々と綾優を膝の上に横座りさせる。そして、左手で膝頭を撫で始めた。

「タイトスカートがエロいな。それに、スーツ姿の綾優を膝に乗せるといけないことをしているみたいだ」

実際にいけないことだと思うのだが、綾優はそれを突っ込めない。それよりも、急にスイッチを切り替えた濱本に戸惑っていた。それに、こんな姿を人に見られるとマズイ。綾優がオタオタしている間に、濱本が鎖骨にキスを落とす……。

「そうだ、先生っ！」

「びっくりした。突然、何？」

言葉とは裏腹に、落ち着きはらった濱本の肩に手を置き、綾優はちょっとだけ上から見下ろした。

「耳の下が内出血になっていました」

「ふーん」

(ふーん、ですって！　絶対に確信犯だ)

「指導してくれている兵頭さんに見つかってしまいました」

「だから、テープを貼っているのか？」

そう言って、貼っている個所を指でツンツンと突いてくる。

「あの……人目に付く場所は止めてください」

「それは暗に、人目に付かない場所に付けてくださいって言っているのか？」

「もーっ、違いますったら！」

本気で怒っているのに、濱本は全く気にしない。そればかりか、綾優の首筋に顔を近づけ、唇を這わせる。

「綾優、明日から髪上げるなよ」

そう言うと、首の後ろ側に歯を立てて思いっきり吸う。チクッと痛みを感じて、綾優がのけぞる。

「あんっ！」

誰かが来てこんな場面を見られたら、病院にはいられなくなる。就職初日から医師と院内でいちゃつくなんて自殺行為だ。離れなくてはいけないと、手で濱本の胸を押すけれどビクともしない。

「んっ、せんせっ……だめ」

「今日は何気に拒否るな？」

「本当に、こんな所でダメですってば！　誰かが来たらどうするんですかっ！」

「就業時間はとっくに終わっているんだから、誰もこんなところに来ないよ」

イヤ、違うし……と、本気で怒ろうとしたその時だった。

「濱本先生、いるー？」

ドンドンと無粋にドアが叩かれた。あまりにタイムリーな襲撃に二人は固まってしまう。

「マズイな」

濱本は綾優を膝から降ろすと処置室を指し、小声で言う。

「綾優、処置室に入って」

言われた通り処置室に走る。

「ねー、いるんでしょ？」

ドアが開けられ、シャーっとカーテンの開く音がした。綾優は間一髪で処置室に入れたけれど、ドアを閉める音を聞かれたかもしれない。

「あ、あれ？」

「向井、何の用だ」

「誰かと一緒にいなかった？　声が聞こえた気がしたんだけど」

「見ての通り一人だ」

「えー？　おかしいなぁ」

向井ドクターのヒールの音だけがカツカッと響く。いるはずの人間を探して、室内を歩き回っている。

「あっ！　女モノのバッグみっけー。これ誰の？」

聞き耳を立てていた綾優は、暑くもない処置室で油汗を流していた。バッグを忘れて隠れるなんて最悪だ。綾優が自分を責めている間にも、濱本と向井ドクターとの無言の睨《にら》みあいは続く。

やがて、不機嫌さＭＡＸな濱本の声がした。

「向井、人のモノを触るな。何の用かと俺は聞いているんだがな」

「……別に、用はないけど」

「用がないなら出て行け。俺は忙しい」

凍えるくらいの冷たい声に、隠れて聞いていた綾優が震え上がる。しかし、向井ドクターは全然言うことを聞かない。

「あのさ、二週間くらい前に濱本のマンションから出て来た女がいたんだけど、あれ誰？」

「教える必要などないと思うが」

「えーっ、そう言うこと言うんだぁ」

向井の甘い声を聞いて、綾優はいたたまれない。マンションの廊下で見かけた時には、キリッとして見惚れるくらいの美人だったのに、そんな媚《こ》びた声を出すなんて、素敵な外見が台無しだ。

濱本は大きなため息をついて向井を牽制する。

「向井、俺に近寄るなって前から言っているだろう？　今すぐここから出て行け。廊下に隠れて見るのもやめろよ」

「そんなことしないわよ」

「隠れて見ているのは知っている。頼むから俺に関心を持たないでくれ」

濱本に叱られて、向井が急に感情を爆発させた。

「何で私じゃなくてあんな地味な子なのよっ⁉　あんな子……ただ若いだけじゃないのっ！」

「何でお前じゃないのかだって？　お前の思考回路は壊れているのか？　精神科でじっくり診てもらったらどうだ」

「……」

「俺の女をお前にどうこう言われる筋合いはない。これ以上俺の周りをウロチョロしたら、いずれ最終手段に出るぞ……俺はこれから病棟に上がるから、出て行ってくれ」

「えっ？」

濱本の一言で、向井の甘ったるい声が消え、代わって、警戒した声に変化した。

「最終手段って、何？」

「国立の医学部を卒業した、できの良い頭で考えろ」

濱本はそう言うと、椅子から乱暴に立ち上がりドアを開いた。音を聞いているだけで、濱本の怒りが見えるようだ。

さすがの向井も、スゴスゴと診察室から出て行った。

向井が出て行ったあと、綾優は処置室からそっと顔を出す。

「綾優、悪かったな、隠したりして」

「……姿を見られなくて良かったです」

今日は隠れることができたけれど、いずれ顔を合わせる時が来るのだろう。その時には、向井ドクターの熱が収まっていることを願いたい。

「どうして向井先生はそんなに先生に執着するんですか？」

「理由か？」

頷く綾優に、濱本は遠い目をして答える。

「元々は向井の従兄弟の大澤《おおさわ》が……あ、そいつも同期なんだけど、大澤が俺と似ているのが原因だと思うんだ。大澤が結婚した頃から、俺にちょっかいを出し始めたんだよ」

「向井先生の従兄弟さんと濱本先生が似ているんですか？」

「俺は大澤の父方と血縁関係があるからな。ちなみに向井は大澤の母親の親族だ。なんだか面倒くさいだろう？」

「確かに……」

「ま、どうでもいいけどな。あの女は俺には理解不能。綾優それより、これを受け取ってくれ」

濱本から差し出されたのは、小さな箱だった。

「開けてみ」

それは、上等な皮製の赤いカードホルダーだった。

「わあ……先生これ、もしかして就職祝いですか？」

「うん。ネットで注文しておいたんだ。仕事中はいつも身につけてくれよ」

「はい。……ありがとうございます」

カードホルダーは、色も可愛くて素敵だった。でもそれよりも、わざわざ就職祝いを買ってくれた濱本の気持ちが嬉しかった。

窓の外を見ると、すでに暗くなっていたので、綾優は慌ててバッグを手にした。

「先生、私帰ります」

濱本はピッチを取り出して連絡を始めた。

「吉川、今どこ？　……うん、医局に向井がいるか確認して、こっそり連絡してくれないか？

……ああ、分ったから、うん頼む」

向井ドクターがまだ近くをウロウロしているとまずい。医局にいれば綾優は安全だと考えたのだ。

「さて、向井に邪魔されたからな」

「えっ？」

濱本はおもむろに綾優のウエストを掴んで引き寄せる。

「だめです先生。職場でそんなことをしちゃいけません」

「そうなの？」

「はい、ダメです」

「はぁ……」

大きなため息をついて、ウエストから手を離す。

「ちょっとだけでもダメ？」

「職場では……ただの知り合いにとどめておいた方が良いと……」

「それが綾優の気持ちか？」

真面目な顔つきで問われ、綾優は頷いた。就職してすぐに色眼鏡で見られては仕事がやりにくい。

濱本の気持ちを汲《く》んであげられないことに、綾優はこの時気がついていなかった。しかし、濱本はめげない男だ。しばし考えたのち、ニッコリと口角をあげて言い放った。

「分った。今のところ、職場ではただの知り合い……だな？」

「今のところ……。は、はい。それでお願いします」

しばらくすると、吉川から情報が入った。向井ドクターは医局で自虐的にもクソ不味いコーヒーを何杯も飲んでいる模様。綾優は濱本と共に外来を抜け出した。

車で家に帰る途中、今日の修羅場？　を思い出して綾優はちょっと震えた。

濱本の向井ドクターに対する冷たい声色を思い出したのだ。嫌いな人には、恐ろしく冷たい言い方ができるんだと、新たな一面を垣間見た《かいまみ》。それに綾優を『俺の女』と言ったのがやけに耳に残って、嬉しいんだか恥ずかしいんだか自分でも説明できない気持ちになった。

翌日、少し早目に着いたので、医局の給湯室でコーヒー淹れの手伝いをすることにした。

そこで、コーヒーの不味いわけが判明し、綾優は医局クラークにある申し出をした。

「あの、もしよろしければ私がコーヒーを淹れましょうか？」

「……えっ！　やってくれるの？　嬉しーい。面倒だから誰かやってくれないかなって思っていたの」

あっけなく手を離されて唖然《あぜん》とするも、綾優は説明書通りにコーヒーを淹れることにした。出来上がりを待つ間、若干複雑な気分になる。結局、濱本の願い通りになったわけだ。

この後は外来での研修が始まる。クラークに制服はなく、ビジネスカジュアルだ。綾優はアイボリーのリブニットに黒いパンツ姿で出勤していた。濱本から贈られた赤いカードホルダーに手を添えると、自然と笑みが溢れる。

二階にある外来に向かっていると、階段の途中で上甲とバッタリ会った。

「あっ」

お互いに驚きの声をあげて会釈をする。

「井沢さん、今日から外来ですか？」

「はい、宜しくお願いします」

「あら、私は総合受付にいるから、宜しくされても何もしてあげられないけど？」

意地悪な言い方ではなくて、率直な反応をされる。綾優がクスッと笑うと、上甲も笑顔になる。

「吉川先生に聞きました、濱本先生の彼女さんですって？」

「あっ、あの……」

綾優は焦ってしどろもどろになる。

「大丈夫ですよ。内緒だって聞いたので、誰にも言いませんから」

「……はっ、はい」

綾優はホッとして、脱力しそうだ。

「チャンスがあったら、またクラークにトライしますから。井沢さん、お仕事頑張ってくださいね」

早口でそう言うと、上甲は一気に階段を駆け降りた。

元気な上甲に押されっぱなしで、綾優は激励のお礼も言えなかった。

(私って、トロイなぁ……頑張ろう)

トロさを克服するためではないが、足早に外来に向かう。すでに患者が一杯で、その前を通って診察室に入るので緊張する。

七診に入ると、兵頭はまだ来ていなかった。看護師がいたので、頭を下げて挨拶をする。やがて、兵頭と吉川が揃ってやって来た。

「綾優ちゃん、今朝医局のコーヒーを淹れてくれたんだって？」

「はい。なにか変でしたか？」

「いやいや！　今日はコーヒーの良い香りがするって、皆がざわついてさぁ、恐々飲んでみたら旨かったよ」

「わっ。それは良かったです」

自ら申し出たので、旨かったと言われてホッとした。

「医局秘書に聞いたら、綾優ちゃんがコーヒー係になったって言っていたよ」

「結局、自分から申し出ちゃいました」

兵頭が笑いながら言う。

「でも、あんなクソマズ……失礼、どんな魔法を使ったの？」

「医局クラークさん達は、水や豆の計量をせずに作っていたらしいです。だから、説明書きを読んで適量の豆と水を投入してボタンを押しただけです。あとは優秀なマシンが作ってくれますから」

「げ！　マジで」

「綾優ちゃん、ホントにありがと～！」

「喜んで頂けて恐縮ですけど、何もそこまで……」

「少なくとも俺はメチャクチャ嬉しいよ」

そう言うと、吉川はわざと綾優に耳打ちする。

「アイツも、喜んで飲んでいたよ」

それを聞いて、綾優の頭からボッと蒸気が出た。

「あれ？　井沢さんっ、どうしたの？」

「は、はい？」

「急に真っ赤になって、何事？」

「いえ、あの、その、吉川先生が変なことを言うもので……」

「吉川先生、私の大事な後輩なんですから、虐《いじ》めないでくださいねっ」

「えっ、俺そんなことしないよ」

　完全に兵藤の方が強い。

　診察中のクラークの役割は、ドクターが問診をする内容を電子カルテに入力して、口頭で伝えられる検査やレントゲンのオーダーを入力し患者にオーダー票を渡す。診察が終了すれば、処方箋を出力して患者に渡す。そして、次の患者を呼び込む。簡単に言えばこんな感じなのだけれど、言うほど簡単にはいかない。綾優は、兵頭の後ろでメモを取りながら仕事のやり方を見ていた。その後、兵頭に手取り足取り教えてもらう。

　それを続ける事四時間弱、気が付けばもう午後一時になっていた。クラークとしての仕事は思っていたよりもずっとハードで、昼食にありつける時間も決まっていない。そして多分、付くドクターとの相性が悪ければ地獄となる。綾優は幸運にも吉川との息は合いそうなのでホッとした。

　しかし、今日はメガネがないので、遠くが見えず困っている。実は先日外科の外来に眼鏡ケースごと落としたようなのだ。昨夜濱本に診察室に落ちていないか見ておいてほしいとお願いしていたのだが、どうなったのか気になる。

ようやく外来が終わって、遅いランチを兵頭と摂っている最中にメッセージが届いた。

『あった。医局の二十番にいる』

良かった！　安心したけれど、これから医局に行かなくちゃいけない。綾優は医局に忘れ物をしたと兵藤に言って向かった。濱本のパーティションまで向かう最中、キョロキョロとあたりを見回して向井がいないのを確認した。二十番に入ると濱本はパソコンの前で怒涛《どとう》のごとくキーボードを叩いていた。チラッと画面を覗《のぞ》くと英語だったので、終わるのを黙って待つことにする。

濱本は画面から目を離さずに綾優に声を掛ける。

「メガネは窓際の本の上にある」

「あっ、はい」

目当ての眼鏡は重ねられた本の上にあった。メガネを手にパーティションを出ようとしたら、濱本に呼び止められる。

「もう行くのか？」

「行きます。だって怖いもの」

向井に見つかったら何を言われるか分からない。不安そうな面持ちで答えると、濱本がピタッと手を止めて顔を上げた。

「普通にしていたら良いんだよ」

「は……い」

「そう言えば、コーヒー旨かったよ。綾優が淹れたんだって？」

コーヒーの話なら問題はないかもしれない。ようやく綾優は笑顔を見せて会話を始める。

「不味《まず》かったわけが分かりました」

「へえ？」

今朝判明した理由を説明すると、濱本は呆《あき》れ顔《がお》で呟く。

「量らず投入って……そりゃ酷い。彼女たちは、アレを試飲もしなかったんだろうな」

「うーん、先生達のコーヒーだから、試飲はできないと思っていたのでは？　そうだ、私コーヒーを見てきますね。眼鏡ありがとうございました」

「ああ、行けよ」

綾優がコーヒーサーバーを確認すると、思っていた通り空っぽだった。医局秘書に聞くと、朝と三時前の二回淹れていたと言うので、すこし早いけれどまた三台分のコーヒーを淹れて医局を出た。


あっと言う間に就職して最初の週が終わった。土曜日には祖母と買い物に行って過ごし散歩にも同行した。入院前よりも祖母の足腰が弱っているように感じられて心配になる。

「これじゃあ、ミカン山には行けないね」

寂しそうに言うので、綾優は言葉に詰まった。

翌日、祖母を一人にするのが申し訳ないと思いつつ、綾優は家を出た。

「ごめんね。夕方には帰るから」

「良いよ、ゆっくりしてきなさい」

祖母に見送られ、綾優は市内へ向かった。一時間ほど車で走ると病院が見えてきた。その前を過ぎて濱本のマンションの駐車場へ向かう。来客用のスペースに駐車してロビーに向かった。ロビーで濱本の部屋番号と教えられた暗証番号を押すと、エレベーターホールへの扉が開いた。

エレベーターで十階まで上がり、チャイムをならすとすぐに扉を開けてくれてホッとした。隣に向井がいるのだと思うと、怖くてドキドキしていたのだ。

少しずつ見慣れてきた部屋。前回持って来ていたコーヒーを淹れ、パソコンに向かう濱本の机にコーヒーを置いてそばに座った。今日も論文の続きを書いている。

「もうすぐ終わるから」

「はい」

ソファーの背にもたれてスマホを操作しながら、綾優は終わるのを待った。こんな何でもない時間が幸せだと言ったら、濱本は笑うだろうか？　特別な食事や贅沢なプレゼントもいらない。言葉がなくてもくつろげる、そんな関係が心地よかった。

フッと気が付いて顔を上げたら、パソコンを閉じた濱本がこちらを見ていた。優しい表情に見惚れてボヤーっとしていると、両脇を取られソファーに横たえられてキスが始まる。いきなり、食べられるかと思うようなキスだ。

「ん……っ、はぁ」

綾優の声が漏れると、濱本の息が荒くなる。舌を絡ませて深くなるキスに、背中を甘い痺れが走る。首筋に唇を押し当てられ強く吸われて、跡が付くなぁと思いつつも、気持ちが良すぎてつい許してしまう。ブラのホックを簡単に外されていきなり先端が口に含まれた。

「あっ……！」

鋭い快感に背がしなる。綾優は思わず濱本の頭を両手で抱きしめた。

「あぁん……先生っ……」

「綾優っ！」

スカートの中に潜り込んだ手が下着を剥《は》ぎ取《と》り、潤みきった秘所に長い指が沈む。やがて水音が奏でられ、愛優は甘い声を我慢できなくなってきた。

（先生が、癖になりそう……）

「綾優ベッドに行こう」

「ん……」

昼間から激しく交わった後、ベッドでうつ伏せに横たわっていると、濱本が肩甲骨に舌を這わせてくる。

「もう一回する？」

「……」

「ん？　処女卒業生には、難しいかな？」

そう言うと、ピンク色に染まった綾優の頬にキスをして起き上がった。

「綾優、起きられる？」

「はい。大丈夫です」

「買い物に行こう。冷蔵庫に何もないんだ」

「あ……はいっ」

もしかしてこれは、憧れのスーパーデート？　造語だけれど、実は綾優は、スーパーでカートを押して買物をするカップルや夫婦に憧れている。今日それを濱本はやらせてくれるのだろうか？　綾優は嬉しさで眩暈《めまい》がしそうだった。

市内で一番大きいスーパーは濱本のマンションから二キロほど北にある。

「綾優、メシ作ってくれる？」

「はいっ」

濱本が運転する車に揺られながら、昼食のメニューを考える。グリンピースの乗ったポテトサラダとハンバーグ？　それにスープじゃなくてお味噌汁《みそしる》を付けても良いかな。

それとも鯛《たい》をオリーブオイルでソテーして、ラタトゥイユを添える？　ズッキーニって今の季節にあったっけ？　そこまで考えて……綾優はあることに気が付いた。濱本は侮れない人だ。舌も肥えている。

（私のなんちゃって西洋料理に満足してもらえるの？　この際、安全な和食にする？）

なにげにプレッシャーを感じて、項垂れる。

「先生、和と洋、どちらが良いですか？」

「どっちでも良いよ」

「……そうですか」

「なにテンション下げてんの？」

「先生っ、お味噌《みそ》は白？　赤？　それとも合わせ？」

「なんでも良いよ」

「……そうですか」

「綾優」

「はいっ？」

「この前の、お前の弁当旨かったよ。綾優が作るものなら何だって美味しいから、心配せず作ってくれるか？」

「本当？」

「本当。お世辞なし」

ゲンキンなもので、そう言われると不安が消えて、またメニューを色々考えていた。

隣で濱本が、笑いをこらえているのにも気が付かなかった。

スーパーの駐車場に着いて、遅ればせながら気が付く。もしかして、スーパーの中で病院の人に会うかもしれない？

「どうしよう……」

「綾優どうした？」

「先生、知っている人に会ったら、どうしましょうか?」

相関図に載るようなマネだけは絶対にしたくない。

「なにか問題があるのか?」

「だって……」

「綾優、普通にしていれば良いんだよ」

以前と同じことを言われて頷くも、恋愛初心者で心配性の綾優には難しい。

「はぁ」

テンションがダダ下がりの綾優に、ちょっぴり業を煮やしたのか、濱本がおもむろに綾優の頬を両手で引っ張った。

「にゃっ、にゃに?」

「ほら、顔が引きつっている。緊張することなんて何もないだろ? 病院でなにか聞かれたら、本当のことを言えば良いんだよ」

「本当のこと……」

「綾優お前、色々心配し過ぎ。俺とのことも、時々ブレーキかけるよな、何で?」

これは初の喧嘩《けんか》かもしれない? 手が震えてきた。綾優はドキドキしながら返事をする。

「ぼ、暴走するといけないから」

「お前が暴走したって、俺がブレーキかけてやるから大丈夫だよ。普通に走ればいいじゃないか」

「普通の走り方を知りません……慣れてないから」

「……ふぅ」

濱本はため息をついて綾優を見やる。

「じゃぁ、一人で買い物に行ってくる？」

「……そうします」

おもむろに財布を綾優に差し出す。

「じゃ、宜しく」

「えっ！　財布ごと？」

焦る綾優に濱本は低い声で唸る。

「綾優ぅー」

「はいっ、行ってきます！　あっ、先生、パンもいります？」

「うん。食パンなら何でもいいから買って来て」

濱本は本気で怒っていない。それが分かる自分が、綾優はなんとなく嬉しかった。

買い物は楽しい。濱本の冷蔵庫を自分で選んだもので一杯にするんだと思うと、余計に楽しい。

途中で、牛乳はいりますか？　とか、お菓子を買っても良い？　などと電話しながら買い物を続ける。

支払いを終え、カートを車まで押していると、背後から声をかけられた。

「綾優ちゃん」

空耳だと思いたい。だって、だって、その声は……。

「偶然だねー、買い物？　わっ！　ずいぶん買い込んだね」

「き、吉川先生、こんな所で何をしているんですか？」

「何って……久しぶりの休みだから買出しだよ」

「そうですか」

「一人？」

「う……」

「綾優」

何て言おうかと迷っていると、濱本が車から出て来た。隣に立つ吉川に声をかける。

「吉川、休みだったのか？」

「おーっ、そう言うこと？　濱本ぉ良いなぁー、綾優ちゃんの手作りゴハンを食べるのか？」

「うるさい黙れ。綾優おいで」

「ねえ、俺も行って良い？」

「だめ」

「ちょっと相談があるんだよなー」

「相談か……綾優、良い？」

「はい。吉川先生、一緒にお昼ゴハンを食べますか？」

「うん。食べる！」

吉川は濱本と同じマンションに住んでいるので、二台で連なってマンションに戻った。三人がエレベーターを待っていると、エレベーターが十階から下りてきた。まさか向井ドクターが？と身構えたけれど、降りてきたのは見たこともない綺麗な女性だった。少し向井ドクターに似ているけれど、まとっているオーラが違う。生命力に溢れた美しい人だ。

「おう！」

濱本がその女性に声を上げると、女性も声をあげて、互いが嬉しそうにハイタッチをした。

「濱本くん、雅美《まさみ》が迷惑かけたわね。ゴメンなさい。今キッチリ叱っておいたから暫くは大人しくなると思うわ。私これから急いでT市に戻らないといけなくて長話ができないけど、また食事会で会いましょうよ」

「すみません、お世話になりました。食事会、楽しみにしてます」

女性は、綾優と濱本を交互に見やってニッコリ笑った。

「向井雅美の姉の玉井雅姫《たまいまさき》と申します。今回は妹のせいで嫌な思いをさせてごめんなさい。貴女《あなた》に今後妹がご迷惑をかけることがあったら、濱本君を通じて私に連絡してくださいね」

「は、はい」

綾優はそれしか言えず、ポーっと向井の姉に見とれていた。吉川とも親しいようで、しばらく話をしてその場を去っていく。

「アイツはマンションにいるんだな」

と吉川。

「良いさ、気にしなくて」

部屋に戻ると、濱本と吉川はリビングで話をはじめたので、綾優はキッチンに入った。

ラタトゥイユを作ろうと、野菜を同じサイズに切って、ベーコンを切ったところで、鍋はあるのか心配になってきた。流しの下を開けてみると……有った！　どうしてこんなに上等な鍋があるのか不明だけれど、フランス製の鋳物のホーロー鍋が存在感を放っていた。探し物をしているのが分ったのか、濱本がキッチンにやってきた。

「これを使うのか？　重いぞ」

「はい、大丈夫です。美味しくできると思います。でも、どうしてこんな上級者向けの鍋があるんですか？」

綾優が尋ねると、濱本は少し照れたような表情を浮かべた。

「あまりにも野菜を摂らない生活をしていたんで、ポトフを作ろうと思って……」

野菜を摂らないのは分った。でもどうして野菜不足解消がポトフに繋がるのかが不明だったが、とりあえず曖昧な表情で頷いた。綾優の表情に何かを感じたのか、濱本が説明を追加する。

「実は、お袋に野菜不足をポロッとこぼしたら、調理器具一色とレシピ本が届いて往生したと言うのが真相だ。あっ……でも俺はマザコンとは違うぞ」

濱本が慌てる姿を初めて見た。面白い……綾優の頭には色々な質問が渦巻いたが、今は昼ごはんを早く作らないといけない。

「そうですか、分かりました」

何が分ったのかも若干不明のまま、濱本をキッチンから追い出して料理を再開した。

「蓋を落として怪我《けが》するなよ」

心配なのか、リビングから声がかかる。

「はい。大丈夫です」

そう答えたものの、本当にこの鍋は重い。祖母なら絶対落とすな……と思う。

白米を炊き、簡単なスープを作り、鯛をソテーしているところでラタトゥイユが出来上がった。

ジャストタイミングだ。ダイニングに並べて二人を呼ぶ。二人が腰をかけて何やら歓声をあげている間に、新鮮なサラダも必要だと気が付き、キャベツを切ってドレッシングで和《あ》えコーンを散らす。お茶と共にダイニングに運ぶと、濱本が問いかける。

「この短時間で、これだけの物を作ったのか？」

「はい。スープはインスタントですけど」

「凄《すご》いな」

いや先生、食べてみないと分かりませんよ。と言いかけたけれど、そこは黙っておく。どんな味がするかは自分がよく知っている。それが濱本の口に合うかはまた別だ。

「美味い」

「綾優ちゃん美味いよ」

濱本が頷き、吉川がご飯粒を飛ばしながら言ってくれるので、ホッとして笑顔を返す。

「良かったです」

三人で食卓を囲んでいると、突然吉川が顔を上げた。

「そう言えば、オタクらの馴《な》れ初《そ》めって何だったの？」

いきなり聞かれてギョッとする。

『そ、そんなこと、絶対教えられない』とばかりに黙っていると、濱本がツッこむ。

「お前、わざと綾優が恥ずかしがることを聞いているだろう？」

「違うって！　カップルの家に招かれたら、そこは聞くのがお約束だろう？　教えてよー」

と、駄々《だだ》をこねる始末。貴方は本当に循環器のスペシャリストの吉川先生なんですか？　と内心で問いかける。

「子供かよ？」

濱本にせせら笑われてもめげない。しかたねーな。と濱本が頭を掻く。

「俺が気に入ってゴリ押ししたの。はい、この話はおしまい」

「そうだったんですか？」

綾優は驚愕した。

（私、ゴリ押しされたんだ……？）

「綾優、今知ったみたいなこと言うなよ、調子が狂うなあ」

隣で吉川は爆笑中。

「そう言えば、吉川先生こそ、上甲さんにバラしたでしょう？　私聞きましたよ」

「え？　なんのことかな」

「もーっ、上甲さんとはどんな関係なんですか？」

さっきのお返しだ。ちょっと困らせたくて聞いてみる。

「関係なんてないよ」

急にテンションが落ちた吉川を見て、綾優はぜったいに何か有る！　と思った。

「良いですよ。直接本人に聞きますから」

「えーっ、止めてよぉ！」

急におネエ言葉になって綾優を止めにかかる。吉川は本当に変な男だ。食事が終わると、さっさと帰り支度を始めた。

「オタクらの邪魔をしちゃいけないから帰るわ」

「すでにずいぶんと邪魔をしてくれているけどな」

「そう？　綾優ちゃんごちそうさま。また食べにくるね」

また押しかけて来るらしい。手を振って、軽やかに部屋を出て行った。

そうこうしている内に、外は少しずつ暗くなり、楽しい日曜日も終わりに近づいた。キッチンでコーヒーを淹れながら、パソコンを操作している濱本に声を掛ける。

「先生、楽しみにしていた休みって、すぐに終わっちゃうんですね」

「そうだな。それでも今日は割と有意義な一日だったぞ。吉川が乱入したのは、予定外だったけど」

「そうですね」

「吉川のヤツ……大いに邪魔しやがって」

そう言って濱本は綾優から渡されたコーヒーを一口飲む。

「これは?」

「コロンビアです。メープルシロップや、チョコのフレーバーが感じられるって説明にはあったんですけど、分かります?」

「ん……? 濃くて香りが強いってことくらいしか分からないな。最後に少し甘さを感じる程度か。美味いよ、気に入った」

「これ百グラムありますから、保存用の瓶に入れて保管しています。他の種類は開封せずに棚に入れてあります」

「うん」

濱本の隣に腰をかけながら綾優が説明をする。

「それから……」

「綾優、もしかしてもう帰る気でいる?」

「……う、直《す》ぐじゃないけど、帰らなくちゃいけません」

綾優だって、濱本とずっと一緒にいたい気持ちは、ますます強くなっている。でも、祖母が待っているから帰らなくてはいけない。

濱本はパソコンを閉じると、綾優を強く抱きしめた。そして、自然に唇が重なり……長いキスが始まった。濱本とこんな関係になるまで、キスがこんなに気持ちよくて深いものだったなんて綾優は知らなかった。舌を絡めあうことがこんなに親密で、気持ちのいいものだったなんて誰も教えてくれなかった。

濱本の舌は、甘くて、熱くて、柔らかくて、そのくせ力強い。唇がゆっくりと離れて、綾優はソファーからズルズルと落ちそうになった。濱本が脇を掴んで抱き上げる。

「おっと。綾優、腰がぬけたのか？」

「そうかも」

笑う濱本の顔が妙に艶《なまめ》かしい。

「綾優、すごく濡れているだろう？」

「……っ、なっ、なんで？」

「分かるよ。なぁ、帰るのか？」

濱本の言いたいことは分かる。首筋に顔を埋めて唇を押し付けられて、声が漏れそうになるけれど綾優は体を離した。

「先生、私帰ります」

家に帰る道中、濱本のマンションに引き返したくなって、辛くなった。ズルズルと居座って良いものじゃないのは分かっているから、そこはきちんとしたい。

家に帰り着く頃には、もう真っ暗になっていた。祖母は一人でヘルパーさんが作ってくれた夕食を食べ終えて、居間でテレビを見ていた。その丸い背中を見て、どうしてだか綾優は泣きそうになったのだった。

翌日、綾優にとってドキッとする出来事が起こった。

朝、医局でコーヒーを淹れている時に、とうとう向井ドクターに会ってしまったのだ。向井はコーヒーがまだできていないのに、綾優の後に立って催促をする。

「まだー？」

「あと五分待ってください」

振り返り、被《かぶ》せ気味《ぎみ》に答えると、向井がハッとして綾優を指差す。

「……あ、ああっ！　マンションにいた娘でしょ！　なんでここにいるの？」

どうして分ったのだろう？　普通記憶がつながらないものなのに、やはり医師となると記憶力が常人とは違うのか？　医局で騒ぐとほかの先生方に迷惑なので、怖くて足が震えたけれど、勇気を出して声をかける。

「先生、こんな所で騒がないでください」

もうヤケクソだ。すると向井ドクターは、ムスっと立ったまま綾優をにらみつける。なんだか駄々《だだ》っ子《こ》みたいに見えてきた。

それでも、出来上がったコーヒーをマグカップに入れて渡すと礼を言われる。

「ありがと」

(あ、あれ？　ちょっとかわいいかも？)

向井ドクターがコーヒーの配給を受けておとなしく自分のパーティションの中に入ると、吉川が駆け寄ってきた。

「綾優ちゃん大丈夫だった？」

「吉川先生、遅いです。見ていたんですか？」

「うん、ドキドキしたよ」

「はぁ」

見ていたのなら助けてくれても良さそうなものだとため息が漏れる。

「おはよう」

吉川と話をしていると濱本がマグを持ってやって来た。一瞬焦ったけれど、普通に対応する。

「お、おはようございます」

コーヒーをマグに入れて渡す。手が震えているのが分って、『鎮まれ』と自分に言い聞かせる。

「どうした、何かあったのか？」

「向井が綾優ちゃんに絡んでいたんだよ」

吉川が報告するけれど、濱本のマンションから出てきた人物だとバレただけで、実害はない。

「ちょっと大きな声を出されたので、やめてくださいとお話ししただけですよ」

「そうか、何かあったら俺に言えよ」

「……はい」

「朝から仲が良いねぇ」

「吉川先生！　もう、揶揄《からか》うのはやめてください」

綾優と吉川が戯れているのを意に介さず、濱本は綾優のネームホルダーを見てニヤついている。

自分が贈った物を、綾優がちゃんと身につけているのが嬉しいのだ。

その内にコーヒー目当てのドクター達が列を作り始めたので、セルフサービスでどうぞとばかりに、綾優は早々に退散した。

「見たわよ」

仕事をしていると、兵頭に声をかけられて飛び上がりそうになった。

「な、なんですか？」

「医局で、濱本先生と親しげに話しているところを見ちゃった。ただの知り合いって感じじゃないよね？　おまけに下の名前で呼ばれていたでしょう？　綾優ちゃん、この際だから私に白状しなさい」

めちゃくちゃ笑顔で問い詰められて、濱本のことを言うべきか言わざるべきか綾優は悩む。濱本は普通にしていれば良いと言ったけれど、関係を公にされると相関図に載せられる恐れがある。

「あの、兵頭さん、私……」

「ん？」

「あの、お願いですから相関図に書き入れて皆に回したりしないでもらえますか？」

「……綾優ちゃん、顔が茹蛸《ゆでだこ》になっているけど大丈夫？　まさか本気で濱本先生と付き合っているなんて言わないでね。貴方さぁ、向井先生やナース達に殺されるよ」

いまいち本気にしていない兵頭は半笑いだ。しかし、冗談が的を射ている所が笑えない。

「その、私……濱本先生と付き合っているんです」

「えっ……マジで？」

「はい」

「わ……すごい！　大金星だね」

「兵藤さん、お相撲じゃないですよ」

兵頭は誰にも言わないと約束してくれた。もちろん相関図にも書かないと。綾優は一安心したものの、朝以降濱本には会えず、その日は定時に病院を出て家に帰った。


五月は、一年の間で一番いい季節だ。空は青く風は優しいし、ミカンの花が咲き始めると、車を運転していても山から甘い香りが漂ってくるのが分かる。

散歩がてらに山を登りながら、いつか濱本とこの山に登ってみたい。綾優はそんなことを考えていた。

その夜、濱本から電話があった。

「綾優」

「先生、お疲れ様です」

「うん」

「仕事終わったんですか？」

「今日当番、待機で今家」

「あ、そうですか」

疲れているのか、単語の羅列がちょっと笑える。

「週末、土日休みなんだ」

「わ、良かったですね」

「何処《どこ》かに行く？　行ける？」

「何処かって？」

「一泊旅行」

（うそっ！　わ、どうしよう）

一瞬……嬉しさで舞い上がりそうになった。でも、祖母を一人残して一泊するのはまだ心配だ。

「綾優？」

「……その、祖母に聞いてみます。許してくれるかどうか……」

「あまり遠くない方が良いよな」

「はい。祖母に、もし何かあったらいけないので」

「場所は考えるわ、お祖母さんにＯＫ貰って？」

「はい」

濱本との一泊旅行……。

朝、祖母に言おうと思ったけれど、なかなか言い出せない。

「あのね、おばあちゃん」

「なあに綾優ちゃん」

「土曜日……ね、お出かけしても良いかな？　その……一日中」

祖母は笑いながら、手をふる。

「まぁ、何を心配そうに言うのかと思ったら。良いよ、行ってきなさい」

「う……ん」

(やっぱり言えない。病後のおばあちゃんを一人ぼっちで夜を過ごさせるなんて私にはできない)

出勤の前に濱本にメッセージを送った。

『週末の件で、ご相談があります』

病院に着いてチェックをしたら返事が来ていた。

『朝、医局に来て』

仕事の前に医局でコーヒーを淹れているので、それが終わってから濱本のパーティションに向かったけれど、まだ出勤していなかった。汚れたマグが残っていたので、洗ってコーヒーを淹れ、ボーッと待っていたら背後に人の気配を感じた。濱本かと思い振り向くと……向井が覗いていたので、綾優は心臓が止まるほど驚いた。

「むっ、向井先生、脅かさないでくださいっ！」

「何してんのよ!?」

向井の気持ちも分かるが、それはこちらのセリフだ。

「呼ばれたので、濱本先生を待っているんです」

「……」

無言で睨みつけてくる顔が子供じみて見えて、なんだか可笑《おか》しくなってきた。それで気持ちが軽くなったので、勇気を出して声をかけてみる。

「先生、コーヒー作りましたけど、飲まれました？」

「入ったの？　じゃ飲もうかな……あ、あんた何て名前？」

ゲンキンな人だなぁ……と思いつつ返事をする。

「井沢です」

「井沢なにさ？」

「綾優《あゆ》です」

なぜフルネームを聞くのか？　わけも分からず答えたのだが、向井が腕組みをしながら綾優に言う。

「綾優、濱本は難しいよ」

「えっ、今なんて？」

驚いて聞き返したものの、いきなり綾優と言われてそちらも気になる。どれだけフランクな人なんだろうか？

「忘れられない女がいるからね」

「……え？　向井先生、それはだ……」

「あ、来た！」

そう言うと、向井はパーティションの前から逃げていった。

「あっ、向井先生待って！」

最後まで話を聞きたかったのに、言いたいことだけ言って逃げるなんて、ズルい。

「綾優、向井が来ていたのか？」

「はい。少しお話しをしていました」

訝《いぶか》しそうな表情で、濱本は向井の後ろ姿を目で追う。

「話？　大丈夫だったか？」

「はい、何もされませんよ。大丈夫です」

　こちらが気になるセリフを勝手に吐いて去って行ったのだから、迷惑ではあったものの不思議と嫌な思いはしなかった。

「で、相談って？」

「あの先生、コーヒーどうぞ」

「お、サンキュ」

　濱本はコーヒーの香りを嗅ぎながら、壁にもたれている綾優の隣に立った。

「あの……週末なんですけど、祖母に結局お泊りのことを言えなくて」

「うん？」

「……と言うか、まだ祖母を、夜一人にしたくないんです」

「そうか、昼間はＯＫなんだろう？」

「はい。行ってきなさいって……」

「分かった。宿泊はなしで出かけようか？」

「先生、ごめんなさい」

「俺が急ぎ過ぎたんだから、謝らなくていいよ。退院してまだ日が経っていないから、そりゃ心配だろ」

「……はい」

「もしかしたら、俺も、日曜に用事ができるかもしれないし……」

「そうなんですか？」

「うん。T市に行くかもしれない」

そう言って、濱本はちょっと困ったような顔をした。

クラークの仕事があるので、これ以上医局にいるわけにもいかず、綾優は兵頭と外来に向かった。途中で兵頭に肘で突かれて冷やかされる。

「仲良いねー、このぉ」

「兵頭さん、やめてくださいよお」

二人でおしゃべりをしながら、なにも考えず七番のドアを開けると、吉川と上甲がいた。

「あ」

普通に話をしているだけなのに、見てはいけないものを見たような気がして、開けたドアを咄嗟に閉めた。すると、背後の兵頭が綾優の背中にドンとぶつかった。

「綾優ちゃん、なんで閉めたの？」

「ひ、兵頭さん、ちょっと……」

兵頭に事情を説明しようとすると、ドアが開いて上甲が出て来た。そして、綾優達の目の前をさっと走り去った。パッと見ただけだったけれど、頬が濡れていた気がする。

「兵頭さん、上甲さんって……」

「もしかして修羅場だった？」

「いいえ。ただ二人で立っていただけなんですけど、なんとなく様子が……」

「じゃぁ修羅場の後かぁ。相関図を変更しなくちゃいけないかな？」

いつもは能天気で明るい吉川が、今日は静かでむっつりしている。珍しい……というか、初めて見る表情だ。

吉川も男の人だったんだ！　と改めて思う。診察が終了してから、吉川は「ちょっと良い？」と言って、看護師と綾優達クラークを集めた。

「俺、六月いっぱいでここを退職することになったんだ」

話を聞いた三人は、みなギョッとして固まった。

「え？　だって……泉山《いずみやま》先生はヘタレだし、循環器医長は救急救命のセンター副長や医療安全とかで色々忙しいし、新人の先生は頼りないんですよ。まともに仕事ができるのは亀西《かめにし》ドクターだけになります」

兵藤が言い募るけれど、決まったものは仕方がない。それは誰でも分っている。

吉川がいなくなったら、亀西ドクターがかなり忙しくなる。それに吉川は腕利きで患者に人気があるから患者さんがガッカリするだろうし、綾優は祖母が心配だ。

「重症の患者さんは、亀西先生に頼んでいるから大丈夫。それと、大学病院から新しい医師が来るから、人員的には問題はないはずなんだ」

「先生、どちらに行かれるんですか？」

兵頭が、すかさず尋ねた。

「T市の個人総合病院に行くんだよ」

「もしかして……」

吉川は、兵頭に笑いかける。

「兵頭さん、多分想像がついているんだろう？　営業の彼からも情報が入ると思うよ」

「先生、向井病院に行かれるんですか？」

「……うん。呼ばれたから行くよ。いずれ広まると思うけど、今は他言しないように」

そう前置きした上で、吉川は話してくれた。

T市の向井総合病院の、循環器のトップの医師が病気で退職するらしく、以前から懇意にしている吉川をその代わりに是非にと誘われたとのこと。

大学時代からの大切な友人の大澤氏が向井病院の関係者で、『呼ばれれば必ず行く』と、約束していたのだそうだ。

外来診療が終わって皆が退室した後、綾優は呼び止められ診察室に残った。

「お祖母さんのことなんだけど、亀西先生に頼んだから心配しないでね」

「先生、ありがとうございます」

吉川は頭を掻いて綾優に謝る。

「俺がクラークに誘ったのに、先に辞めることになって悪いことをしたなあって思っているんだ」

「いいえ、誘ってくださって感謝しています。先生それより、おめでとうございます。栄転ってことですよね？　寂しくなるけど陰ながら応援します……なんちゃって」

「綾優ちゃん、濱本は……」

「？」

いきなり濱本の話になったので、綾優は戸惑う。

「先生がなにか？」

「いや……濱本も向井病院に誘われていると思うんだ」

「そうなんですか？」

「うん。俺みたいにすぐにってわけじゃなさそうだけど、いずれ綾優ちゃんに話があると思うよ」

「……」

そうだったのか。もしかして、日曜にT市に行くのは、その件なのかもしれない。ドクターの突然の転勤なんて日常茶飯事なのは分かっているし、今までもずいぶんと見てきた。濱本だって、前の病院の在院は二年くらいでこの病院に移動したのだし……。

しかし、濱本が行ってしまったら、自分は取り残されてしまう。ここからT市までは、高速を使って車でも五時間以上かかる距離だ。綾優が俯いて考えごとをしていると、吉川が肩を叩く。

「まだ濱本から正式に話がないのなら、今度聞いてごらんよ」

「はい……」

不謹慎だろうか？　綾優はそれよりも、朝、向井ドクターに言われた『忘れられない女』の方が気になっていた。

今それを、吉川に聞くのは憚《はばか》られる。でも聞きたい……綾優はモジモジと迷っていた。

「あの、吉川先生、向井先生が……」

「ん？　あのアホが何かしでかした？」

「あ、いいえ。……何でもないです」

やっぱり、いずれも濱本が話してくれる時を待とうと思った。このまま自分たちの関係が続いていけば、必ずそこに行きつく気がしたから……。

土曜日の朝。

「お孫さんをお借りします」

玄関先で見送る綾優の祖母に、濱本は頭を下げた。

「いってらっしゃい」

「おばあちゃん、昼にはヘルパーさんが食事を作りに来てくれるから」

「分ってるよ。綾優ちゃん心配しなくて良いから」

手を振る祖母が見えなくなるまで車窓から眺めていた綾優は、気持ちを切り替えて濱本に声をかける。

「先生、今日はどこに行くんですか？」

「ワイン作りもしているオーベルジュが近くにあるのを知っているか？　今日はそこでランチの

予約をした」

「知らないです。そんなお洒落《しゃれ》な施設が？」

濱本の言う場所は、農業の盛んな土地だ。そういえば葡萄《ぶどう》が名産だから、ワイナリーがあってもおかしくはない。濱本の車は高速を滑るように走り、目当ての場所に向かう。

二時間ほどで高速を降り、山間部を走ると、緑に囲まれた洋風の建物が見えてきた。それがお目当てのオーベルジュだった。施設内の温泉も利用できるらしく、地元の人が気軽に出入りしているようだ。

レストランから小道が続いて、その先の離れは宿泊もできるようになっている。ランチは人気があるようで客が多かった。予約をしていたおかげで、綾優達は待たされずにすぐに通された。

案内されたのは、ゆったりと寛《くつろ》げるソファー席だ。

「わっ先生、フカフカですね」

「うん。寝てしまいそうだ」

「毎日忙しいですもんね」

「仕事と、論文と、他色々な」

「他、色々？」

「うん。綾優、後で話そう」

「はい……」

吉川の言っていたことかもしれない。そんな思いが頭をよぎったが、今はこの時を楽しみたい。

コース料理のメニューは、前菜がキジ肉のスモークの柑橘ソース添え、万願寺トウガラシのムースのフレンチキャビア添え。それから、地鶏《じどり》のズッキーニ花包み。スープは、ジャガイモのビシソワーズコンソメジュレ、メインがスズキのポワレバジルソース、そして、伊予《いよ》牛のソテーだ。

ありえないほどに美味しい。シェフの腕もすごく良いのだろうけれど、綾優は地元の食材の底力を改めて感じた。

デザートはミカンのソルベ。ソルベの上にミカンの花が付いて、綾優のテンションは上がる。

「これがミカンの花か？」

濱本が目を閉じて香りを楽しんでくれるのが嬉しくて、綾優は祖母の山の話をした。

「ウチの山も今この香りでいっぱいなんですよ」

「へぇ？　綾優の山は、甘い香りなのか」

「はい。この時期だけ、山から甘い香りが漂ってきます」

「……だから、綾優も甘いんだな」

「？」

今は昼間なのに、妖しく笑う濱本に、綾優の動悸が激しくなる。

(私の何が甘いんですか？　って聞いたら、何と言われるんだろう？　怖くて聞けないけど……でも、聞きたい)

丁度、コーヒーが来たので、二人は会話を中断した。

スタッフが立ち去ってから、綾優はドキドキしながら濱本に質問をした。

「あの、私の何が……」

「アノ時のお前から、甘い香りがするんだよ」

濱本は低い声でしっかりと言葉にした。

「……！」

いくら疎い綾優でも､その意味は分かる。一気に赤面した綾優に､濱本は目を細めて笑いかけた。

「今日も桃色の綾優を、俺は頂けるのか？」

「せっ、先生っ！」

綾優は小さい声で必死に牽制するのだけれど、濱本は熱い視線をあててくる。美味しい食事は官能を刺激するのだと、綾優は生まれて初めて知ったのだった。

濱本のマンションに向かう車内で、綾優は吉川から聞かされた話を切り出した。

「吉川先生から、向井病院に行くとお聞きしました」

「そうか、聞いたのか」

「はい」

「約束しているからな……」

「大澤さんと約束しているって、吉川先生は言っていました。以前教えてくれた、先生の親族の方ですよね？」

「……綾優、俺のマンションに帰ってから言うつもりだったんだけど、今話そうか？」

「先生のマンションで聞きます」

悲しいお知らせは、後に伸ばしたい。今は、このひと時を楽しみたい。

「そう言えば私、向井先生から『綾優』って呼ばれたんですよ。なんだか、全然怖くなかったです」

濱本は軽く眉をひそめる。

「アイツ仕事はできるのに、プライベートでの言動が残念な奴なんだ。三人姉妹の末っ子だから、いい年して我儘《わがまま》だしな。綾優に害が及ばなくて良かったよ」

「三人全員が美人さんなんですか？」

なんの気なしに尋ねたのだけれど、濱本の歯切れが悪かった。

「そうだな」

何となく、言い難そうに見える。綾優は首を傾げて濱本を見たけれど、それ以上は何も言ってくれなかった。


「綾優、おいで」

ここは、濱本のマンション。

デートの帰りに買ってきた食材やワインを冷蔵庫にいれて濱本の元に向かう。

「先生、何ですか？」

ソファーに座っていた濱本は、手を伸ばすと綾優を膝の上に座らせ、ギューっと後ろから抱きしめる。

「……お話しますか？」

「後で」

膝の上でくるりと回転させられて、ぐらつきながら濱本の肩に手を置いた。

「先生、ちゃんと話しましょう。先生も向井病院に呼ばれているって聞いたので、ずっと気になっていたんです」

「……実は、夏に大学病院を退局して向井病院に行くことになった」

「詳しい日程は決まっていないんですか？」

「まだだ。でも、約束があるから必ず行く」

「約束？」

「俺の家は代々政治家を輩出している。兄は議員になったが、俺は医者の道を選んだ。大澤の出の祖母の血を濃く継いでいるのかもしれないと母は言っていた。……祖父が医者の娘を見初めて嫁にもらう際に、大澤家から、生まれてくる子が医者の道を志したら、地域の医療に貢献する人物に育ててほしいと懇願されたらしい」

「その大澤さんは今、向井病院にいらっしゃって、先生に来て欲しいと言われているんですか？」

「そうだ。向井病院は、個人病院だがT市の中核病院の役割を背負っている。医師の世代交代が始まって、大変な時期に差し掛かっているんだ」

「そうなんですね……」

「大澤と俺は、はとこなんだよ。顔が似ているとよく言われるけど、性格はまるで違う」

「そうですか？」

「大澤は親分気質の男なんだよ。まあ……俺様的な性格だ」

じゃあ似ているんじゃないですか。と言おうと思ったけれど止めておいた。本人が似ていないと言っているのだからそこは尊重してあげよう。

「仲良いんですか？　その大澤さんと」

「大学で初めて会って妙にウマが合った。互いに遠い親戚だと知って驚愕したよ。どこに行くのも一緒で、山にも行くようになったんだ。吉川も一緒にな」

「へぇ……山ですか？」

濱本が登山なんてピンと来ないけれど、新しい情報を聞けるのは嬉しい。

「うん。吉川は山で大澤に命を救われている」

「そうなんですか？」

「あいつは仕事以外ではトロイだろう？　山で滑落して死にかけたところを助けられた」

笑ってはいけないけれど、ありえる話だ。吉川が足を滑らせた場所は左下方向が崖だったそうだ。

「大澤が咄嗟に気づいて、吉川に『枝に捕まれ！』と叫んだんだ。右側には木立ちが生い茂っていて、吉川は木の枝に引っかかって助かった。その後、大澤がロープで下りて助けに向かった。だからアイツは大澤に頭が上がらない。初心者の俺は、何もできずにただ見ているだけだった」

そんなことがあったにせよ、大学時代の約束を守り切る男達って……みんなすごい。吉川の命が助かったということは運がある人なんだろうし、友情を優先するってある意味カッコいいと綾優は思った。

「これからは、もっと忙しくなるな」

「そうなんですか……」

「休みには、手術の手伝いでT市に行くことも増えるから、週末に綾優とゆっくりできなくなる」

「先生、私のことは気にしないで、お仕事がんばってくださいね」

精一杯、やせ我慢をして言った。

「綾優、お前を気にしないわけには、いかないよ」

濱本は苦笑する。

「お前が嫌がっても、俺は好きに振る舞うからな」

「？」

綾優には何のことか意味が分からなかった。

「好きに振る舞うって……今でもずいぶん好きにしている気がしますけど？」

思わず、本音をポロリと言うと、濱本は心外だという顔をする。

「俺、ずいぶん我慢して、大人しくしているんだけど」

「え、そうなの？」

「今だって、お預けをくらっているし」

そう言うと濱本は綾優をギュッと抱きしめる。お互いの胸を合わせて、綾優は濱本の腰に跨《またが》る形になった。ちょうど綾優の秘められた場所に、硬い屹立が当たっている。

「あっ……」

思わず声が漏れたのは、その固いものが柔らかく熱い場所を突き上げたからだ。突然おとずれた快感に、身体がビクッと反応した。

「あ、あのっ……」

顔を上げて、離れようとしたのだけれど、いきなり唇を塞がれた。そのまま濱本の重みでソファーに倒れ込む。やっぱりソファーは危険な場所だ。

キスが深くなるにつれて、下半身に押し付けられる屹立の存在が大きくなる。ブラをずり上げられ胸の先端が捏ねられて、綾優は甘い声をあげる。

「あぁっ……！」

「綾優、良い？」

そう聞かれて頷く。避妊具のパッケージが開けられる音と少しの間の後、硬く熱い剛直がいきなり蜜口を押し広げて入って来た。

「んあっ……はぁ……っ……あぁん……っ」

浅い場所を何度も突かれて悦楽に背中がしなる。クチュクチュとゴムの擦れる音を、綾優は目を閉じて聞いていた。汗ばんだ裸の背中に腕を回し、必死にしがみ付く。

明るいリビングのソファの上で戯れあっていると、恥ずかしさとは裏腹な解放感で体がムズムズする。

（なんだろう？　この感じ）

濱本の吐息や息遣いが綾優の官能をくすぐる。蜜が中から止めどなく溢れ出て、狂おしいほどに熱く滾《たぎ》る剛直に纏わりつく。心臓が怖いくらい激しく鼓動して、頭が真っ白になりそうだ。

「あっ……あ……んっ、あ、せんせ……い、気持ちいい……っ！」

「綾優っ、俺も……すごく……っ」

大きなソファーが二人の重みでギシギシと鳴る。でももう、そんなのは気にならない。

「あ……っ！　あぁ……ん……やぁ……やぁんっ！」

痺れるような悦楽に、綾優の中が激しく剛直を締め付ける。

濱本が達する時の「綾優」と呼ぶ声が好き。体の内側までも、すべてを食べつくそうとするみたいな激しいキスが好き。どうしよう……好きでたまらない。

「……綾優」

抽送が激しくなってソファーから落ちそうになると、繋がったまま引き寄せられてまた激しく突かれた。

「あふぅ……んんっ……あぁ……ッ！」

「綾優……綾優……」

最奥を何度も突かれて、目の前がチカチカと光る。やがて……二人は互いに悦楽の極みに落ちて行った。

大きくて熱い体の下で、綾優は力尽きて横たわっていた。もうすっかり、身も心も濱本に馴らされて、離れられなくなってしまった。これは恋なんかじゃないって思っていたのに……。

夏に濱本は遠くに行ってしまう。あとどれだけの時間を一緒に過ごせるのだろうか？

濱本の車で家に戻ると、祖母は定位置に座ってテレビを見ていた。帰宅して祖母の顔を見ると、いつもホッとさせられる。どんなに辛いことや嫌なことがあっても、出て行った時と同じ場所に祖母が座っていて、『お帰り』と迎えてくれる。それがどれほど貴重で大切なものか、綾優は分っていた。そのために仕事をやめて戻ってきたのだから。

「お帰り。先生は？」

「うん。送ってくれたよ」

なんとなく浮かない綾優の表情を見て祖母が首を傾げる。

「何かあったの？」

「ううん、何もないよ。あのね、今日はオーベルジュって言うレストランに行ってね……」

祖母とひとしきり話をして部屋に戻った。そして、少し泣いた。デートの後で泣くのは変だけれど、綾優は濱本との別れを覚悟していたのだ。

翌日、いつもより早めに家を出て七時に病院に着いた。医局でコーヒーを淹れていると、吉川がやって来た。

「あれ？　先生早いですね」

「綾優ちゃんも超早だね。どうしたの？」

「早起きしちゃって……なんとなく、仕事に来ちゃいました」

「俺は今朝三時に呼び出されたんだよー。さっき心カテが終わった所」

「そうなんですか、お疲れ様でした。コーヒー入っていますよ」

「わっ、嬉しいな」

「あの……先生に聞きました。二人とも行くんですね」

今はまだ、誰かに聞かれてはいけないので、どうとでも取れる言い方をした。

「うん。呼ばれたからね」

「世代交代とか……」

「そうなんだよ。あの病院の黄金時代を作った先輩方が相次いで退職の年齢に達したってわけ」

「そうなんですか」

「でもさ、あそこの外科は凄いことになるよ」

「すごいこと？」

「院長の弟が幅広くなんでもデキる人なんだけど、大澤は大腸に特化しているし、濱本は消化器ならなんでもござれのオールマイティーだからね。乳腺の専門医もレベルが高いから、俺たち循環器も負けられないよ」

「ふふっ。吉川先生、すごく楽しそう」

「そう？　でもさ、あいつが一段とやる気になったのって綾優ちゃんのお陰なんだよ」

「私？　私は何もしていないですよ」

「前の病院にいたときの濱本ってどうだった？　可もなく不可もなく仕事をしていたんじゃな

い？」

「そう言われてみれば、男性としての人気はとても高かったけれど……キレ者というよりは、淡々と仕事をしている医師ってイメージだったような気がします」

「だろう？　綾優ちゃんに会うまでは、とことん温度の低い男だったはずだ。それと、女性関係に至っては、特別な彼女なんていなかったんだよ」

「……そうなんですか？」

吉川はいきなり綾優の頭をクシャクシャにしてワハハ……と笑う。

「自覚なしかよ？　可愛いもんなー綾優ちゃんは！　なんちゅうか、無垢って言うか……」

「ひえー！　そんな良いもんじゃありませんよ私は！　吉川先生、もう止め……」

その時、ドン！　と音がして、コーヒーテーブルにピンクの聴診器が投げつけられた。

驚いて振り返ると……向井が立っていた。

「吉川、なに綾優に手ぇだしてんの？」

仁王立ちで入り口から吉川を睨みつけている。

「ゲッ、向井！　……ってか、おまえ何でこんな朝っぱらからいるんだよ？」

「こちとら小学生の虫垂炎で呼び出されたんだよ。くっそームカつく。母親が診察中ずっと口挟みやがって、『先生、抗生剤で散らして頂けませんの？』だあ？　ド素人が口出すなっつーの」

朝から荒ぶる向井に綾優は声をかける。

「向井先生、コーヒー飲みますか？」

「いる。砂糖とミルクたっぷり入れて！」

「こらこら向井、砂糖とミルクくらい自分で入れろよ」

「いいじゃんか、それくらいしてもらっても。あたしは疲れているんだから」

同期って、仲が良いんだか悪いんだかよく分からない。綾優は向井の声がうるさかったので、さっさと甘いコーヒーを作って手渡した。

向井はコーヒーを一口飲んで満足そうな笑みを浮かべる。

「綾優、お前はこれまでで一番いい子だ」

「何がですか？　向井先生」

「濱本に群がっていた女の中で、一番いい子だって言ってんの」

ものすごく微妙な褒め言葉だし、聞きたくなかったそんな話。吉川は特別な彼女を作らなかったと言ってくれたのに、やっぱり……？

「そうですか、濱本先生は来るものは拒まなかったんですね」

「いや、拒みっぱなしで特別な彼女を作らないから女が群がっていたんだ。かく言う私もその一人だった」

「せ、先生……」

「良いんだよ。もう目が覚めたから」

「向井先生、私と濱本先生はこれからどうなるか……」

濱本が遠いT市に行くことになって、自分たちの関係はどうなるか分からない。綾優は首を振って向井に説明をしようとしたが、鼻で笑われた。

「ふん、今更。とっくにバレてるし。でも、言いふらしたりしないから安心しな」

「向井！　そんな言い方しないの！」

吉川が突っ込むが向井は負けない。

「なんでさ、煩《うるさ》いんだよアンタは！」

「煩いのはお前だろ、このメスゴリラ！」

「なにをぉー」

喧嘩の原因は自分らしいのだが、ここまでくるともう誰にも止められない。綾優はうるさい二人を放置して三階の屋上庭園に逃げた。この場所で、寒い中濱本とコーヒーを飲んだっけ……などと、思い出に浸っていた。

まだ診察時間まで余裕があるので、ぼーっと下の駐車場を眺めていたのだが……。

「あっ」

濱本の車が入って来るのが見えた。マンションから病院までは近いのに今日は車で出勤したらしい。駐車すると、颯爽《さっそう》と職員通用門に向かう。

屋上庭園の柵から顔を出して、下を眺める自分の姿はちょっと怪しい人に見えるに違いない。そう気が付いて、頭を引っ込めようとしたその時……歩いていた濱本がふいに顔をこちらに向けた。そのまま立ち止まって、凝視している。

「え、バレた？」

アタフタしていると、濱本が笑いながら首を傾げ、手を上げた。

「わ、私に？」

もし、こちらに手を上げたのじゃなかったら、かなり恥かしいことになるので、手を小さく振って、速攻で屋上庭園を後にした。

（一体……私は何をやっているの⁉）


その日のランチタイムに、綾優は兵頭によって食堂に連行された。食堂とは言っても、そこは一階のカフェレストランで、職員はここで持参の弁当を広げてもよいことになっている。

「内緒の話だからね。クラークのたまり場ではできないでしょ」

嬉しそうにニヤニヤしている。綾優の目には兵頭が舌なめずりをする猫に見えてくる。

「で、休日デートはどこに行ったの？」

なぜか兵頭に、濱本とのデートを報告しなければならないようだ。

「あの……近隣の街にオーベルジュができたのを知っていましたか？」

「え、知らない。そんな小洒落た所に連れて行かれたの？……やるなぁ濱本先生」

「はあ……まぁ」

「で？」

身を乗り出して、食いつく兵頭。

「……お食事して、帰りました」

「それだけ？」

「はい、それだけです」

兵頭は大袈裟にため息をつく。

「つまんない」

「道の駅とかで、買い物して帰りましたけど……」

「へぇ。濱本先生ってそんな所に行く人に見えないんだけど」

「美味しいものを、色々買って帰りました」

「へぇー」

「……兵頭さん、もういいですか？　ゴハン食べましょうよ」

いい加減に濱本のことを話すのが恥ずかしくなってきたし、できれば追及も逃れたい。どんなことがあっても二人の秘密だと思うし、人に色々話すのは濱本に悪い気がするのだ。

「兵頭さん、今週いっぱいで辞められるんですよね。私、寂しいです」

「そうねぇ。私も綾優ちゃんと別れるのは寂しいわ……でも、ウチのが営業で出入りしたら綾優ちゃんに声をかけると思うから相手してやってね」

「もちろんです。ご挨拶くらいしかできませんけど」

兵頭の婚約者の名は、田中《たなか》という。製薬会社の営業だ。入社六年目の今年に早くも主任になったそうで、新米とペアを組んでこの病院にもやって来る。

田中が来るとまわりが明るくなるので、ドクターや看護師達に大歓迎される。兵頭と田中は本当にお似合いの夫婦だ。恋人同士や夫婦が、年を経る内に互いに似てくるという話があるが、二人の雰囲気はよく似ていて、まさにその典型に見える。

できれば綾優も、濱本ともっと時間を共有して雰囲気が似てくるような間柄になりたかった。

そんなことを考えて、昼間から切なくなる。

午後からは、外来の診察室がいっぱいだったので、医局秘書の隣の席で書類作成をしていたのだが、三時の休憩になっても区切りが付かず、秘書たちが休憩に行っても綾優は一人残って書類作成をしていた。

その時、フッと懐かしいような香りに包まれて顔を上げると……濱本が立っていた。

「綾優、邪魔したか？」

ポカーンと見とれていて、名を呼ばれハッと現実に戻った。

「せ、先生お疲れ様です」

「忙しいのか？」

「はい。もう少しで休憩に行こうかと……」

「俺の所で休憩する？」

「あ……はい」

「先に行っとくから、おいで」

一区切り付けようとパソコン向かったのに、手が震えて誤字を連発してしまった。濱本を見て動揺するなんて、仕事中なのにどうかしている。

暫くして濱本のパーティションに行くと、パソコンに向かっていた。

「綾優、オヤツを買っておいた。そこあるだろ？」

「わ、ロールケーキ！」

「チーズスフレもあるぞ。どっちが良い？」

本気で悩んでいる綾優を見て、濱本はニマニマしている。

「半分ずつ食べるか？」

「はいっ」

二人でオヤツを食べながら、気になっていたことを聞く。

「先生、日曜はT市に行ったんですか？」

「うん。色々打ち合わせをしてきた」

「そうですか。T市は良い街ですよね？」

「そうだな。こっちは魚介類が美味くて素朴な街だけど、あちらは関西圏に近いから賑やかだな」

綾優から見ればT市は都会だ。都会で暮らす濱本の姿を想像すると、ズ……ンと胃が重くなる。

うじうじ考えていると、濱本の手が首に伸びてきた。

「ここ、緊張している。肩が凝っているのか？」

首の付け根を優しく揉《も》まれる。

誰かに見られたらどうしよう……そう思ったけれど、あまりに気持ちが良すぎて拒否できなかった。

「ふぅ……っ」

小さくため息をつく。

「綾優、そんな声だすなよ」

「え？」

「そんな声を聞いたら、シタくなるだろ……」

「なっ！」

衝撃的なセリフに、飛《と》び退《の》いて離れると濱本がククッと笑う。

「酷いな、そこまで嫌がらなくても良いだろう」

「仕事中になんでそんなことを言うんですかっ！　もーっ、ぜったいわざとでしょう」

「綾優の恥ずかしがる顔が、見たかったんだよ」

（この人って……やっぱりSっ気ある……よね？）

第五章　変化

最近、吉川関連の仕事がメチャクチャ増えた。書類関係やその他色々だ。患者数もますます増えてきて、『この病院にいる内に見てほしい』と、患者が押し寄せるので、とても忙しい。

医局で書類を作り、外来に籠っている吉川にサインをもらいに行くと、椅子にもたれかかって顔を上に向けたまま絶妙なバランスで居眠りをしていた。あんまり面白い顔だったので写真に撮りたかったが、残念ながらスマホを持っていない。

(転勤が近いから仕事が詰まって疲れも溜《た》まるよね)

メモを貼り付け、書類を机に置いたまま静かに外来を出ると、上甲とバッタリ会った。

「今、吉川先生は爆睡中です」

「あ……そうなんですか。井沢さん、ちょっと良いですか？」

上甲に引っ張られて、暗い外来廊下の隅に連れて行かれる。

「ここ、夕方には人気がないから内緒の話をするのに丁度良いんですよね」

そう言われて、綾優は以前濱本と、夕方の外科外来でしたことを思い出して、勝手に赤面していた。

綾優の内心など知らない上甲は真剣な表情で話を始める。

「井沢さんは濱本先生と一緒に行かないんですか？」

いきなり直球を投げかけられて口ごもる。

「私は……濱本先生から一緒に行こうとは言われてないんです。上甲さんは一緒に行くんですか？」

綾優の問いに、上甲は辛そうに首を振る。

「私、振られたんです」

「えっ？」

「私の父は近隣で開業医をしているんです。吉川先生は婿養子は絶対嫌だって……それに、大切な友人から助けを求められたから、大学病院を退局して転勤する。私の望みは叶《かな》えられないから、別れた方が良いって言われたんです」

「そんな……」

「親はどうか分かりませんけど、私は婿養子に来て欲しいなんて一言も言ってないんですよ。一緒にいられたらそれで良いんです。だから私、彼が退職したら後を追おうと思っています」

吉川に対するまっすぐな思いを聞かされて、綾優は頭をガツンと殴られたような衝撃を受けた。自分はただ、ウジウジと悩んでいるだけ。上甲は覚悟が全然違う。

「上甲さん、決心したんですね。すごい……」

「彼はバカです。わざとしんどい道を選ぶんだから。ここにいればそれなりに楽に仕事ができて、大学にも戻れるのに……向井の循環器なんて、あの人以外は新人ばかりだから、かなり大変なはずなんです。それなのに……だから、私が支えてあげないと……」

「上甲さん、頑張ってください」

「井沢さんってば、他人事みたいに。濱本先生だって行っちゃうんですよ、どうするんですか？」

「どう……って、私は置いてけぼりですよ」

「それでいいの？」

「よくはないです。でも、私には祖母がいるから、付いて行けないんです」

「彼よりお祖母《ばあ》ちゃんを選ぶの？」

「……」

どちらも選べるわけがない。祖母は綾優の家族で、世話をする義務がある。でも、濱本と会えなくなると思うと、体の一部が切り裂かれたような痛みを感じる。

「分からないです。でも、祖母と過ごす時間はあまり残されていないと思うんです。だから、それを大切にしたいんです。祖母はたった一人の肉親ですから」

心を決めた上甲が羨ましい。しかし綾優は、祖母が倒れた時のことを思い出しただけで震えてくるのだ。あの時、施設からの緊急電話を濱本からの連絡かも……などと思った自分をずっと責めているのだから。

向井に行くことを決めてからの濱本は、院内で綾優を見かけると、二人っきりの時みたいに甘い声で名を呼ぶ。

『好きに振る舞う』と宣言された通りの行動をとっている。最初は人目が気になっていたのだけれど、濱本があまりに自然なので、綾優も次第に慣れてきた。

「やっぱり、付き合っているんでしょ？」

と、クラーク仲間からは、生ぬるく見守られ過ごしていたのだけれど、外科系の看護師から、ちょっとした嫌がらせを受けることがあった。

些細《ささい》なことだけれど、挨拶を返してもらえなかったり、通りすがりに嫌味《いやみ》を呟かれる。

仕事には支障がないから、気のせいだと思えば良い。そうやってやり過ごしていたのだけれど……。

午後からの循環器科のペースメーカー外来で、機械を埋め込んだ場所が爛《ただ》れた患者を形成外来に紹介するために連絡をした時のこと。

「今、先生はいませんから」

そう言って叩きつけるように電話を切られた。一瞬驚きで固まり呆然としていると、吉川が目を丸くしてこちらを見る。

「綾優ちゃん？」

「あっ、すみません。今、形成の先生がいませんって、電話を切られました」

「えっ、診療日だろう？　それに、診てくれる約束を取りつけているんだけどな……直接先生に電話してみるね」

吉川が直接医師に電話をかけると、快諾されて患者は形成外来に向かった。

多分、診察室での伝達不足が原因なのだろう。それでも、少し疑心暗鬼になってヘコんでしまう。

「すみません。ちゃんと電話もできなくて」

「これは形成外来に問題があると思うよ。綾優ちゃんのせいじゃない。医師には一度言っておくから」

吉川には分かってもらえて少し安心したけれど……色んな意味で自己嫌悪に陥りそうだった。

しかし、こんなことでへこたれては仕事は続けられない。もし意地悪だったとしても、誠意を持って話をすればきっと相手も分かってくれる……看護師の医療人としての高い意識を綾優は信じていた。

大変だった週も終わりに近づき、やっと金曜日になった。

今日は綾優の教育係である兵頭の退職の日だ。兵頭へ贈る花束を総合受付まで取りに行った帰り、この辺りではあまりお目にかかれない、野生的かつ洗練された男性がエントランスを歩いているのに遭遇した。悠然と歩くその姿が、なぜか濱本と重なって、不思議な心持ちになった。

たまたま行き先が同じになり、男性の後を花束を抱いて歩いていると、背後から声を掛けられた。

「綾優、何やってんの？」

振り返ると、向井がコーヒーとコンビニ袋を持って呑気そうに立っている。

「退職する仲間に贈る花束を運んでいます。向井先生、これからオヤツタイムですか？」

「綾優が午後のコーヒーを淹れ忘れたせいで、またマズくなってたからコンビニで買ってきた」

「え？　ちゃんと分量を書いたメモを置いているんですけど」

「雅美」

綾優の背後から渋い声で向井を呼ぶ男性。一気に向井の表情が明るくなる。

「わあっ光晟《こうせい》！　こんな所でどうしたの？」

向井が少女のように歓声を上げた。今までオッサンみたいな話し声だったのに、急に乙女に変身するのを目の当たりにして、綾優は開いた口が塞がらない。その間も二人の会話は続く。

「濱本に会いに来たんだ。外科外来はどこだ？」

向井がバツの悪い顔で俯く。

「私、濱本の診察室を出入り禁止にされているから……」

濱本に手ひどく叱られたことで、向井は今も反省しているようだ。綾優は少し気の毒になってきた。

「綾優、彼は濱本の友達の大澤先生だよ。悪いけど、外科まで案内してやってくれる？　私が医局まで花を持っていくからさ」

「あ……はい」

「悪いね」

自分に向ける大澤の艶のある声に、背中が震えそうになる。濱本と声の質が似ているので余計だ。

「君は？」

「循環器クラークの井沢と申します。どうぞこちらです」

濱本がいるはずの外科診察室のドアをノックして開く。綾優が室内に足を踏み入れた瞬間、濱本がカーテンを急に開いたので、ビックリして大きな声が出そうになった。

「お、お疲れ様です。お客さまをお連れしました」

「よお、濱本」

「大澤！　驚いたな、どうしたんだ？　綾優お前が案内したの？」

大澤が、うって変って、興味深そうな表情でこちらを見ていた。濱本が左腕で綾優を引き寄せて体が密着する。

「……っ！」

一瞬で赤面した綾優を見て、大澤がニヤッと笑う。

「所用があって近くまで来たから立ち寄ったんだが、会えてよかったよ。そう言えば、雅美を出入り禁止にしたのか？」

「あぁ、した」

「お前も容赦ないな」

「おかげで反省したみたいだぜ」

大澤は綾優を見下ろして、濱本に問いかける。

「で……？」

「綾優、コイツが大澤光晟」

改めての紹介に綾優は頭を下げて挨拶をした。

（なんだか緊張するなぁ……）

「井沢綾優と申します」

「大澤です。……で、彼女はお前の？」

含みのある笑顔のままで、濱本に尋ねる。

「うん、俺の」

常々、濱本の暗号みたいな会話は、どうにかならないものかと思っていたのだが、この二人は似たもの同士のようだ。よっぽど指摘しようかと思ったけれど、怖くて言えない。綾優は大澤の無言の圧力を感じて落ち着かなくなってきた。

「先生、私もう行きます」

そう言って、腰にまわされた濱本の手を両手で剥がそうとしたが、びくともしない。

「大澤、時間があるなら食事に行かないか？」

「良いな。嫁も一緒なんだがいいか？」

「もちろん！　綾優も一緒に行こう。いいね？」

「あ……は、はい」

「じゃあ……六時に出るから医局で待っていてくれ」

「はい」

ようやく腰から腕が離された。離れると、それはそれで寂しい。急な食事会になってしまったので、祖母に電話をしなければいけない。

大澤にも挨拶をして外科外来を逃げるように出て行った……。

「綾優ちゃん、大澤が来ているって？」

医局に戻ると、吉川が飛んで来た。

「はい。外科外来にいらっしゃいます」

「おっ、よっしゃー」

よほど嬉しいのか、そそくさと二階に上がる吉川。彼らの仲の良さは羨ましいほどだ。

五時には兵頭に花を渡すことになっている。それまで仕事を終わらせておこうと、書類作成ソフトを立ち上げる。入力をしていると、向井がやってきた。

「綾優、吉川が言ってたけど、今日飲みに行くんだって？」

ちょっと下唇を出して、恨めしそうな顔だ。

「はい。でもお食事会ですよ？」

「私も行きたい」

(それを私に言われても……)

「濱本先生か大澤さんに聞いてください」

「綾優が言ってよー」

そう言って、綾優の側から離れない。いつから私たちはこんなにも仲良しになったんだっけ？

綾優の頭にはクエスチョンマークが浮かぶ。向井と言葉を交わしていても、嫌味やあてこすりは全くなく、どちらかと言えば好かれているように感じるのは気のせいだろうか？　おまけに向井には気を遣う必要がないので、綾優は割と言いたい放題をさせてもらっている。

「ご自分で言ったほうがいいですよ」

「だって、濱本、まだ怒ってるもん」

「怒っているかどうか、自分で確かめないと分からないと思います。先生は反省なさっているんですから、それを話せばきっと分かってくれますよ。だって同期の仲間でしょう？」

向井が綺麗な顔をクシャっと崩して一瞬泣きそうになった。

「綾優……知ってるの？　出入り禁止のわけ」

「……知っています」

向井にわけ知り顔で意見をしているけれど、本当はそんな資格が自分にはないことを綾優は分っている。

(だって、先生の本当の気持ちを確かめるのが怖いのは、私も同じだもの)

嫌われるのが怖くてぶつかれない。人を好きになると、その人が大切になればなるほど、我儘が言えなくて本心を出せなくなる。怖いのだ、今の心地よい関係が変わってしまうことが。そんなことを考えている内に、涙が出そうになった。

「向井先生、ごめんなさい。言いすぎました」

「綾優、泣いてんの？」

「泣いていません、目にゴミです」

向井は綾優の頭をクシャっと撫でた。

「綾優、お前はいい子だ。私は綾優が好きだよ。何に悩んでいるかは知らないけど、お前ならきっと大丈夫だよ」

(向井先生ったら……こんな私に優しくしてくれるなんて、全然メスゴリラじゃないです。良い人じゃないですか)

結局、お食事会には向井も参加することになった。

退職する兵頭に花束を渡して話をしていた時に、外科外来から下りて来た吉川が濱本に声をかけたのだ。

「向井も呼んであげようよ」

鶴の一声だった。濱本も苦笑して頷いた。

「綾優、行くぞ」

濱本に呼ばれたけれど、兵頭ともう少し話がしたくて、綾優は医局に留まっていた。

「綾優ちゃん、ウチに遊びに来てね。結婚式にも招待したいんだけど良いかな?」

「はい、行かせて頂きます。兵頭さん、短い間でしたけどお世話になりました。優しくしてくださって、本当にありがとうございました」

二人とも涙目だ。今日は午後から目の乾く暇がない。挨拶を終えて医局を出ると、濱本が廊下で待っていた。

「終わったのか?」

「はい。すみません、お待たせしました」

「じゃあ行くか」

そう言うと、綾優の手を取り指を絡めて握りしめる。

「せっ、先生、ここまだ病院です！」

赤くなるどころか、綾優は一瞬にして青くなる。

「知るか。べつに良いよ」

（人に見られたら、明日から私はどんな顔をしたら良いんですか？　やめてーっ！）

心の中で叫びながら、ほぼ引きずられるように駐車場に向かう。

「光晟の嫁も参加するから」

「嫁？」

それを聞いて綾優は首を傾げる。

「向井先生は、大澤さんを好きだったんですよね？　奥さんが一緒なのに、飲み会に参加しても大丈夫なんですか？」

「俺には向井の頭の中は理解不能だが、綾優は心配しなくて良いよ。嫁の理子《さとこ》さんと向井の仲は悪くない」

「そうなんですか」

「綾優」

「はい？」

「メシ食ったら、ちょっと俺のマンションに来て」

「今夜ですか？」

「うん、良いだろ？」

「はい」

店の駐車場に入り二人は車を出る。お店は少し先にあるので、歩く間ずっと手を握っていた。その手がスッと離れて、綾優の首を撫でたかと思うと、そっと引き寄せられた。

「あ……」

いきなり重なる唇。そこから舌が侵入して、口腔内をさぐる。熱くて甘くて……大好きな味。綾優は夢中で応えてしまう。いつもそう。なにかを考えていたはずなのに、頭の中が濱本でいっぱいになって、何も考えられなくなるのだ。

少し遅れて店に入った。すでに四人は着席していて、綾優は恥ずかしさと申し訳なさで恐縮してしまう。

「悪い、遅れた」

濱本は悪びれもせず、ニヤッと笑って着席した。奥の席に綺麗な女性と大澤、その隣に向井が座り、向いの席に吉川が座っている。綾優が挨拶をすると、大澤の妻が自己紹介をした。

「もう飲んでるぞ」

大澤の妻以外は、みなビールだった。

「二人ともウーロン茶で」

「飲まないのか？」

大澤が、意外そうな顔で聞く。

「綾優を送っていくから飲めないんだ。綾優も飲むとヤバいし」

「彼女は、市内じゃないのか？」

「うん、少し遠いんだ。なんせ、お祖母ちゃんが待っているから。な、綾優？」

「そうなんです、すみません」

しょっぱなから、しどろもどろになる。濱本が『飲むとヤバい』なんて言うものだから、初めてのあの日を思い出して赤面してしまった。

大澤が面白そうに綾優を見ている。

「飲んでもないのに赤いぞ。面白いな」

じゃこ天を食べていた妻の理子《さとこ》が、顔を上げて大澤を叱る。

「光晟さん、からかうのは止めてね。ごめんなさい綾優さん、この人のことはほっといて良いですから。あ、綾優さんと呼んでいいですか？　私のことは理子と呼んでください」

「あっ、はいっ」

奥様、強い！　それにしても、大澤と濱本が並んでいると、雰囲気だけじゃなくて声も似ていることがよく分かる。

(私の先生の方が、ちょっとだけ優しそうでイケメンだけどね。なんちゃって)

ドクター四人が仕事の話を始めたので、綾優は席を替わって理子の正面に移った。しばらくしてから、理子が妊娠していることに気が付いた。

「あの……もしかして？」

「そうなの」

「大丈夫なんですか？　その……旅行とか？」

「大丈夫よ。二人目だし、私、すごく丈夫なの」

理子は幸せそうに微笑む。その笑顔に、羨望にも似た感情が湧き出てくる。こんな気持ちは初めてだった。

「羨ましいです」

無防備に思いを漏らす自分に、綾優は動揺を隠せない。

「綾優さんも、はやく結婚して子供を作ればいいのに。濱本さんと話は出ているんでしょう？」

理子が悪戯っぽく笑う。

「とっ、とんでもない！」

ウフッと笑いながら、理子は濱本に視線を向ける。

「濱本さんとは、いつから？」

「さ、三か月くらい……です」

初めて濱本のマンションであんなことになったのが、三月のはじめだったから、まだ三か月しか経っていない。とても濃い毎日を送っていたから、もっとずっと前の出来事のような気がしていた。

「あの、お聞きしても良いですか？」

「なあに？」

「あの……個人的なことなんですけど」

「良いわよ、なんでも聞いてください」

「大澤さんと、どうして結婚することになったんですか？」

「あ……」

理子が、ちょっと躊躇《ちゅうちょ》した気がしたので、悪かったかなと思い慌てて手を振る。

「あっ、すみません変なことを聞いて。答えにくいですよね、ごめんなさい」

「三択で、光晟を選んだんだよな」

隣に座っていた向井の言葉に驚く。理子が苦笑しながら経緯を説明する。

「と言うか……初めから話すと時間が足りない気がして、何処から話そうかと考えていたの。ごめんなさい」

「あ、いいえ！　そんな」

「三択は間違ってないけど……端折《はしょ》ってお話をすると、光晟さんにストーキングをしていた女医さんがいて……」

綾優は思わず向井を見てしまった。

「綾優ぅ、私じゃないよ！」

割り箸で頭を叩かれた。

「ご、ごめんなさい向井先生」

「私なんかより、ずっとヤバい女医だよ。同期だったんだけど、光晟の周りをウロウロしていた一人だったんだわ」

「……で、その人が私に乱暴したことが運悪く両親に知れてね、光晟さんと別れろって言われたの」

「はあ……」

ストーカーとか乱暴とか……理子が見かけによらず危ない経験をしていることに驚いた。そんな風には全然見えない。

「で、仕事、両親、光晟さん、どれを選ぶ？　ってプレッシャーをかけられて、この人を選んだの」

「……えぐい」

綾優が思わずつぶやくと、理子が笑う。

「光晟は、理子さんが追い詰められた好機をうまく利用したんだ」

向井が、呂律《ろれつ》の回らない声で言う。

「実はそうかも……って、私も思っているの」

理子まで夫を疑う。なんだか面白い人達だと綾優はウキウキしてきた。

夫をディスりながらも、ちっとも陰湿ではない所が夫婦の仲の良さを物語っていて、本当に羨ましかったのだ。

座は盛り上がっているけれど、濱本がそろそろ……と大澤に話している。

「綾優、そろそろ帰ろうか？」

「あ……はい」

「綾優さん、T市にいらしたらまた色々お話しましょうね」

スマホを取り出してお互いにデーターを交換した。

向井まで、私も！　と便乗する。

帰り際、綾優は大澤に声をかけられる。

「綾優さん、近いうちに濱本と一緒にウチに遊びにいらっしゃい」

そう言われて笑顔を返す。向井が店の中なのに大声で濱本に声をかける。

「濱本ーっ、送り狼《おおかみ》になるなよー！」

向井は吉川に口を押さえられてジタバタしていた。

(吉川先生、お願いですから、私達が店の外に出るまで、向井先生をそのままホールドしてください)

綾優はそう念じて店を出る。でも、皆の優しさが嬉しくたまらない。

車までの道を、また手を繋いで歩く。

「先生、素敵なご夫婦ですね」

「そうだな。綾優、まだ八時だからウチに寄れる？」

「はい。一時間くらい……かな？」

濱本のマンション。

玄関に入るなり抱きすくめられて、着ていたパーカーが脱がされ廊下に落ちる。

濱本も荒々しくジャケットを脱ぎ床に投げた。

(あ……放り投げちゃった)

ハンガーに掛けようかと考えていると、濱本に叱られた。

「綾優、よそ見しない」

「だって、上等なジャケットを放り投げるから」

「こっちの方が大事」

「え……」

「綾優の方が、よっぽど上等で大事だよ」

またまたー。と、ツッコミを入れようとすると、いきなり唇を塞がれる。もう何も言えない、なにも考えられなくなる。暗い寝室まで誘導されて、ベッドに腰をかけると濱本は立ったまま着衣を脱ぎ始める。

「時間がない。綾優、脱いで」

そう言って、自分のシャツのボタンを外す。ボタンがちぎれて飛んでいきそうな勢いだ。どうしてだか恥ずかしくて、綾優は自分で下着を脱ぐことができない。

「先生、脱がせて……」

「しゃーないな」

膝を突いてショーツを脱がされていると、綾優のそけい部が舌でなぞられる。

「んっ……」

「感じる？」

コクリと頷くと、膝を立てたまま足が開かれて茂みの中に舌が差し入れられた。綾優は驚いて声をあげる。

「あっ！　洗ってないの……に……あ、んん……ッ」

熱い舌がもたらす快感が強烈で、知らず知らずに声が漏れる。ベッドに背を預けて、腰を掴まれたまま花弁をくまなく舌で愛撫される。

「綾優、ほらこんなに濡れて……」

硬い蕾を舌先で突かれると、細くて高い声が漏れた。

「ひぃ……っ……あ、ひやぁ……ぁん。あ、や、あぁッ！」

強い刺激に蜜が溢れ、意図せずに腰が揺れる。揺れは大きくなり、綾優は背を反《そ》らせて、激しい絶頂を味わった。

狂ってしまいそう……。

蜜が溢れた場所に、屹立を感じて目を見開く。濱本が半ば目を閉じて、ゆっくりと中に入ってくる。キツくて熱いその感触が、綾優のほんの少しだけ残っていた理性を奪う。

「あぁっ、ああ、い……い、せんっ…」

「綾優……あぁ……まとわりついて、すごい」

中を突かれながら、胸を掴まれてもみくちゃにされる。乱暴な動きだけれど、全然痛くなくて、逆にもっと乱暴に触って欲しいと願ってしまう。

時間の限られた性急な交わりは、二人の欲望を更に加速させていく。

「あぁっ……、あぁん、もっと……ぉ」

「もっと……？　こうか？」

角度を変えて激しく突かれ、綾優は細く高い声を漏らす。ギシギシとベッドが揺れ、肌を叩く音が寝室に響く。

「……くっ、綾優……」

グイ……と最奥を突かれ、鈍痛ではない、新しい感覚が芽生えてくる。繋がっている場所から子宮の奥に快感が走り、甘い痺れが体全体に広がる。足を持ち上げられて、より密着する体。綾優は広い背中に腕を絡ませて、声を嗄らせて喘いでいた。

「はぁ……っ、はあ……、あ、あぁーッ！」

「綾優、イク……ッ」

互いに絶頂を感じながら、舌を絡ませる。混ざり合う唾液でさえ甘い。もっと、もっと繋がって全身で濱本を感じたい。二人溶け合って一つになってしまいたい。そんな思いがどんどん湧き上がって、綾優は泣きそうになった。

喘ぎながら、思わず零れた言葉。

「せんせい……す…き」

濱本も綾優の耳に唇を押し付けて囁いた。

「俺も……綾優が好きで好きでたまらない」

あれから、なんども肌を重ねているのに互いに初めて口にした言葉。

本当は、もっと強い想いを隠しているけれど……あえて、それを言わない。綾優のそんな気持ちを、濱本はきっと知らない。


六月に入ると、循環器科は益々《ますます》忙しくなった。

今日も午前中の診察が午後一時半にまで伸びて、遅い昼食を食べていると、濱本からメッセージが届いた。

『今夜マンションに来る？』

（う……どうしよう、暗くなると運転怖いし……でも、会いたい）

『少しだけなら』と返信して、ため息が漏れる。

本当は、ずっと一緒にいたい。朝から晩まで一緒にいて、濱本のためにゴハンを作って、同じベッドで眠れたらどんなに幸せだろう。でも、そんなことを望むのは贅沢だ。好きだと言ってくれただけでも幸せなんだから、欲張っちゃいけない気がした。

それからは外来の循環器の診察室で、夢中で仕事をしていた。集中が切れたところで休憩しようと立ち上がると、濱本が中に入ってきたのでビックリした。

「おっ、お疲れ様です」

そう言って時計を見ると、すでに五時になっていてギョッとする。

「わ！　もうこんな時間だったんですね」

「もしかして約束をスルーされたのかと心配したよ」

「ちっ、違います！　仕事に夢中になっていました。ごめんなさい」

慌ててバタバタする綾優を、濱本は壁にもたれて悠然と眺めている。

「良いよ。ゆっくり用意してくれ」

(私ったら、折角《せっかく》の先生との時間なのに……)

外食する時間がもったいなくて、真っ直《まっす》ぐマンションに向かい、ピザを注文して夢中で食べた。

ソファーに座った濱本の膝に乗せられ、後ろから首筋を吸われる。そのままブラが外され、先端を摘まれて快感が走る

「あっ……あんっ」

「綾優、感じる？」

分かっているくせにいつも聞く。でも綾優にはそれを指摘する余裕はない。

「感じすぎて……変になり……そう」

そのまま横たえられ、赤く染まる先端を口に含まれ吸われる

「あんっ……せんせい……」

「綾優、俺の名前は？」

「ゆ……ゆうこう……さん」

「言えるじゃないか。これからはちゃんと名前で呼んでくれ」

綾優が頷くと、剛直がゆっくりと入ってきた。

「……っあ、ん……きもちいい……っ」

「俺も……」

抽送を繰り返しながら、激しく唇を吸われる。唾液と汗、それに愛液が混ざり合い、甘い匂いが部屋を満たす。互いの肌は湯気が立ちそうなほどに熱い。腰を突き上げられ揺られながら、濱本の背中に手を這わせ必死にしがみ付いた。

時間の制約のある性急な交わりは、求める気持ちが強いからこそ悦楽が深まる。

肌を合わせているだけでも幸せで、蕩けるほどに気持ちが良くて、二人は果てた後も離れられずにいた。

「先生、帰らなくちゃ」

「まだ、もう少し」

「ん……」

「俺は、綾優とずっとこのまま一緒にいたい」

「私も……」

強く抱きしめられると、軟体動物みたいに体が濱本に寄りかかる。まるで自分が柔かいゼリーになったような気分だ。濱本が、ギューっと強く抱きしめて呟く。

「どこまでも柔らかくて、骨なんかなさそうだな」

「先生、苦しい……です」

「ごめん。暫くこのままでいさせて」

この言葉は以前も聞いたことがある。初めて体に触れられた夜に、濱本から言われた。あの夜の濱本は、どうしてだか必死で寂しそうで、綾優は帰ることができなかった。

あのときからずっと、濱本は、綾優の大切な人だったのだ。

「綾優、T市に付いて来てくれないか？」

拒否なんてできないくらい強い力で抱きしめられ、息ができなくなる。

「うれしい。でも……」

綾優の両頬を手で包み顔を覗き込む。その瞳は期待に輝いていた。

濱本の顔を見ていると、何も言えなくて目をそらせたまま綾優は泣いた。すぐにYESと言えない事情を濱本は分かっている。

「返事は待つから」

綾優は頷くしかできなかった。

第六章　苦悩

「綾優ちゃん、元気ないけど大丈夫？」

朝食の席で、祖母が心配そうに顔を覗き込む。

「ううん、なんともないよ」

その日の朝は少し頭が重くて気分がすぐれなかった。しかし、祖母に心配を掛けないようにと笑顔を作って仕事に向かう。しかし、やはり疲れが溜まっていたようだ。午後からのペースメーカー外来に向かう途中、綾優は階段の途中で動けなくなった。眩暈がして吐きそうになる。

「大丈夫？」

通りがかりの職員が駆け寄ってくれて、手を借りやっと外来に上がった。別のクラークに代役をお願いして、耳鼻科を受診した。

点滴をしてもらい、吐き気は消えたけれど、眩暈がなかなか治まらない。

「ストレスや過労で眩暈が出ることもあるんだよね。一応、脳のＭＲＩを予約しておくから、明日も受診してね」

耳鼻科のドクターにそう言われ、暫く処置室で休んでいた。

（ダメだなぁ、私って。どうしてこんなことになっちゃうんだろう）

循環器の亀西医師やほかのクラーク達に、『早退しなさい！』と優しく叱られ、家に帰ることになった。

本当に申し訳ない。でも、眩暈で天井が回った状態では仕事は不可能だった。

「明日は休んで耳鼻科に受診に来てね」

亀西医師から、強制的に明日の休暇をとらされて、バスで自宅に戻った。

バスの中で濱本にメッセージをいれていたのだけれど、午後からは手術で忙しいはずで、やはり折り返しの返事はなかった。

家に帰ると、疲れた表情の綾優を見て、祖母の夕食を作りに来てくれているヘルパーさんが気を利かせてくれる。

「綾優ちゃんの夕食も作っておきますね」

食べられるか分からなかったけれど、その気持ちがありがたい。皆の優しさが沁みる。薬を飲んで暗い部屋で静かに寝ていると、気持ちが落ち着いて眩暈も軽くなった気がしてきた。

「綾優ちゃん、仕事大変なの？」

祖母が心配して、部屋に来た。

「ううん、そんなことないよ。多分、遊び過ぎたのかな？　ほら、お休みも出歩いてばっかりだったから」

そう言って茶化《ちゃか》してみたけれど、祖母はまだ心配そうだ。

「無理しないでね。綾優ちゃんに何かあったら……」

「おばあちゃん」

本当は、いつも自分の楽しみを優先して祖母をないがしろにしていることに後ろめたさがあった
祖母を大切にするために故郷に戻って来たのに、自分は恋愛に浮かれている。

(やっぱり罰が当たったのかなぁ)

その後、少し夕食を頂いた。頭がまだ重かったけれど、回転性の眩暈も納まりそうな気がする。

ほかのクラーク達に迷惑をかけられないから、ちゃんと治さないといけない。

午後九時頃、濱本から電話が入った。

「あっ、先生」

「うん……祐光だろ？」

「ゆうこう……さん、こんばんは」

「こんばんは。大丈夫か？」

「多分……。明日はＭＲＩを撮る予定です」

バスで病院に行って、体調が良ければそのまま仕事をするつもりだと話す。

「無理するなよ、明日迎えにいくから」

「え？」

「俺、休暇とって、しばらくＴ市なんだ。急きょ決まってね。明日は余裕があるから迎えに行くよ」

「そうなんですね」

「綾優」

「はい？」

「俺、お前に無理させたな」

「そんな」

「お前の体調を考えずに、振り回していた」

「せ、祐光さん、そんなことないです。私が自分の体調管理ができなかっただけです」

「……あんまり無理を言わないようにするから、逆に綾優はもっと我儘を言ってくれ」

我儘。それは、ものすごく無理な注文だ。

「祐光さん、それはハードルが高いかも」

濱本は電話口で低く笑う。

「綾優、お前ってやつは……」


朝、天井が回るような眩暈は治まっていた。食欲はなかったけれど、祖母が心配するので一緒に朝食を頂く。

「綾優ちゃん、おばあちゃんも病院について行こうか？」

「先生が迎えに来てくれるから大丈夫。おばあちゃん、早くディの準備をしないと遅れるよ」

濱本が迎えに来るまでにはまだ時間があると思い、祖母をディサービスに送った後ミカン山に登ってみた。山から景色を眺めたら気持ちが晴れるかもと思ったのだ。

ミカンの花は終わりに近かったけれど、まだ甘い香りがあたり一面に漂っている。見上げると青い空が広がり、凪いだ海はキラキラと輝き、夢のように美しい風景だ。

胸いっぱい空気を吸い込むと、清々《すがすが》しくて気持ちがいい。

この山は来年から人に貸すことが決まっている。そうなると、気軽に登ることもできなくなるかもしれない。今のうちに山を楽しんでおこうと思った。

ガサッと草をかき分ける音がして振り返ると……濱本が立っていた。

「祐光さん！」

「隣の家の人に聞いたら、山にいると教えてくれた」

会えないのは昨日だけだったのに、会えたことが嬉しくてたまらない。こんなに好きなのに、濱本がT市に行ったら自分はどうなっちゃうんだろう？　綾優は寂しい未来を想像して涙が出そうになった。

「綾優」

何も言えなくなった綾優を濱本はいきなり抱きしめた。

「一日会わなかっただけなのに、ダメだな」

「祐光さん？」

「綾優が倒れたって聞いただけで、めちゃくちゃ動揺した。綾優がいないと俺ダメだ」

そんなにダイレクトに思いを告げられると、怖いような嬉しいような気持ちになる。

「祐光さん、私……」

「うん？」

「……ううん、来てくれてありがとう。家に戻って用意しますね」

二人で山を下りる間、濱本は辺りを見渡して匂いを嗅いでいる。

「これが、綾優の言っていたミカンの香りか？」

「分かりますか？」

「辺り一面が甘いな」

「ねっ、良い香りでしょう？」

「綾優の方がもっと良い香りがするよ」

「……」

「お、成長したな？　俺の言う意味が分かったんだ」

「もう。黙っていてください」

「黙ったら、口は何に使えば良いんだ？」

「へ？」

いきなり顎をクイと上げられて……キスが落とされた。驚きのあまり、崖から足を踏み外しそうになって抱き寄せられる。

「おっと、アブナイな」

「お、落ちるかと思った……祐光さん不意打ちは止めてくださいっ」

「悪い」

家に入ると、二階の綾優の部屋まで濱本は付いて来た。

「先生、お茶を淹れますから下で待っていてください」

「ここで良いよ」

「着替えができません」

「俺これから向井病院でしんどい思いをするんだから、ご褒美の先取りをくれよ」

「ご褒美？」

「そう、綾優の生着替え」

「……えっ？」

聞き間違いかと思った。大人の男性は時々理解不能な言動をとる。生着替えを見たいだなんて、変態さんだろうか？

濱本は綾優の小さなベッドに腰を掛け、腕を組んでこちらを見ている。仕方がないので、モゾモゾと着替えを始めた。学校の更衣室で培った技術を今こそ披露しちゃおうじゃないの。恥ずかしいけれど、綾優は下着を見せずに着替えを始める。

「綾優、隠すと余計にエロいぞ」

「そんなことありません」

真っ赤になりながら、トレーナーの下で着替えをする綾優を、悠然と眺める濱本……。本当に変な人！　でも、大好き。

薄手のニットと、セミタイトスカートにようやく着替えた時には、うっすらと汗をかいていた。

ＭＲＩの検査までには時間があったので、一旦濱本のマンションに寄った。コーヒーを淹れてソファーでゆっくりしている間、この前の答えをちゃんと言わなきゃと、綾優は緊張していた。

「祐光さん、私……」

「うん」

「Ｔ市ね……やっぱり行けない……です。祖母を置いて行くことができないんです」

（あ、だめだ。涙が出てしまう）

必死に目を見開いて、涙を落とさないようにしていたのだけれど、油断すると、涙の粒が溢れそうだ。

「綾優がお祖母ちゃんを置いて行けないのは分かっていたよ」

「……」

「綾優は我慢しなくて良いから。したいようにしたら良いんだ」

「うっ……」

とうとう我慢しきれずに、大粒の涙が零《こぼ》れ落《お》ちた。涙は次々と溢れて、止まらなくなる。

好きでたまらないのに、やっぱりお別れをしなくちゃいけないんだろうか？　そう思うと、辛くてたまらない。

「私が祐光さんに付いてＴ市に行っちゃったら、祖母は一人ぼっちになっちゃう……」

「綾優は、ずっと悩んでいたんだな……今回の眩暈も、そのストレスからだろう」

「そうなの？」

「ＭＲＩを撮ってもなにも病変は見つからないだろうな。あったら、それはそれで厄介だけど」

濱本がかすかに口角を上げてボツリと言う。

「二百七十キロだ」

「は？」

「ここから、俺が転勤する病院までの距離」

濱本は綾優の顔を覗き込んでニヤっと笑う。

「遠距離恋愛も新鮮だろう？」

(え……っ？)

「祐光さん、お別れしなくて良いの？」

「……！」

その言葉に不意を突かれ、濱本は綾優を凝視する。

「お前、別れなくちゃいけないと思っていたのか？」

「付いて行けないなら、そうなってしまうのかなって……」

「ありえない。綾優、俺はお前を手放さないよ」

『手放さない』

その言葉は、悩みでズタボロだった綾優の心にジンワリと浸《し》みこんでいく。綾優の表情が、悲しみから驚きに、そして喜びに輝いていく間、濱本はずっと綾優を見つめていた。

「祐光さん、私……良いの？　このままここにいて？」

「言っただろう？　綾優のしたいようにしたらいいって」

「……」

「俺は待つから」

「待つって、どれくらい？」

「さあ……？　それは分からないよ。綾優が納得して俺の所に来るまでだろう」

濱本は、『俺に聞くなよ』と笑う。

「俺はかなり気が長い方だけど、せめてオヤジ臭くなるまでには決心してくれよ。あ、そうだ」

濱本はおもむろにバッグから鍵を取り出した。

「しばらくT市とこっちを往復することになるから、今のマンションの合鍵を渡しておくよ」

綾優は鍵を両手で受け取りながら、内心では、『うわっ、合鍵もらっちゃった！』と心臓バクバクだった。

「用事を頼むこともあるし、家で待っていて欲しい時もあるからな」

すごく信頼されているみたいで、綾優は嬉しかった。そんな内心など伺い知らない濱本は、茹で蛸みたいになっている綾優を訝しげに見つめる。

「綾優、なんで真っ赤になっているんだ？」

「あ、あの、嬉しい……って思って」

「そんなに喜ばれると知っていたら、もっと早くに預けておくんだったな」

早々に鍵を渡したい気持ちはあったものの、逆に引かれたら……と思っていただけに、鍵を大事そうに握っている綾優を見て、濱本も嬉しくて仕方がない。

病院の前で綾優は車から降ろされた。

「検査結果を報告するように」

濱本は綾優に念を押すと、T市に向かった。

「行っちゃった……」

少しの間だけど、会えないと思うとすごく寂しい。綾優はトボトボと病院に入っていった。

MRIの結果は……濱本の言った通り、異常なしだった。頭痛は少し残っているものの、すっかり体調が元に戻ったので、検査の後はそのまま仕事を続けた。合間の休憩で、濱本に検査結果を知らせる。

『うん』

二文字の返事が届いて、ちょっと笑えた。その後はたまっていた書類を片付けるために、循環器の七診に籠った。

仕事にめどがついた頃にドアをノックする音がして返事をすると、

「お邪魔します」

と、上甲がやって来た。

「お疲れさまです。体調悪かったんですって?」

「あ、はい。眩暈がしていたんですけど、もう大丈夫です」

「そうなんですね、よかった」

そう言いながらそばにあった椅子に腰をかけると、大きな息をついた。

「私、明日からお休みをもらってT市に行くんです」

「えっ！　もしかして、吉川先生を追って……とか？」

「と言うか、そのまま居座っちゃおうと思ってスーツケース持参でいきます」

「すごい！　勇気ありますね上甲さんっ」

綾優は思わず立ち上がって、上甲の手を取った。

「もうドキドキですよ。向こうは別れたつもりなんだから、何しに来たんだって言われちゃうかもしれないし」

「吉川先生はそんなこと言わないと思いますよ。だって本当に良い方だもん」

「人が良いのだけが取り柄なのよね。ちょっと軽いけど」

綾優は苦笑しつつ、そうでもないですよ。と、意外と男気のある吉川を思い浮かべる。

「友情を大切にする硬派なところもあるし、やっぱり吉川先生は素敵な人です」

「それはどうも……井沢さんは、どうなんですか？」

「わ、私ですか？」

慌てる綾優を見て、上甲が笑いながら肘で突く。

「濱本先生とラブラブじゃないですか。医事課で評判になっているのを知っていますか？」

「ええっ？　ひ、評判って？」

「お似合いの可愛いカップルだって皆言っていますよ。私達、井沢さんと濱本先生をコンビニやフロアで見かけては癒されているんですから」

「そんなに目につきますかっ？　どうしよう、恥ずかしいです。すみません……気をつけてはいたんですけど……」

「あら、全然！　最近特にラブ度が高いから、そろそろ結婚かもって噂していたんだけど」

「け、け、けっこん？　とんでもないです」

「そうですか？　とんでもなくもないと思いますけど」

上甲はおかしな日本語でツッこむ。

綾優は今更だけれど、濱本の『T市に付いて来て』という言葉を思い出してハッとする。

(もしかして、結婚とかそういうことだったの!?　本当にそういう意味だったらどうしよう)

「井沢さん？」

急にキョドり始めた綾優を、上甲は心配そうに見つめる。綾優は思わず相談を持ちかけた。

「あの……よかったら、聞いて頂けますか？」

「もちろん、聞きますとも」

「実はその……先生からこの前、ついて来てくれって言われたんです」

「わっ、いいなぁー。で、行くんですか？」

「それが……祖母のことは以前お話ししましたよね？」

「はいお聞きしました」

「……それで、付いて行けませんってお返事したんですけど、先生が私の決心がつくまで待つと言ってくれたんです」

「うわ……！　それって、ある意味プロポーズですよね？」

上甲の目がキラキラしはじめた。

「やっぱり、そうでしょうか？」

「いいなあ井沢さん。でも、今更気がつくって、ちょっと天然が過ぎます」

「ですよね……今すごく反省しています」

その後は、もうちょっとカンの鋭い女になるよう努力した方が良いと、上甲にたっぷり絞られたのだった。

上甲に絞られた後、医局でコーヒーを淹れていると、向井がやって来た。

「綾優、まだあ？」

「はい。あと五分くらいでできます」

カラのマグを持って綾優の側にやって来る。

「あのさ、濱本に和三盆ロールを頼んじゃった」

「買ってきますかね？」

「今度は買って来る。旨いから綾優に食べさせたいって言っといたから」

「先生……私をダシに使うのは止めてください」

「私、同じ轍《てつ》は踏まないんだ」

得意げに胸を張るのだが、向井の仕草が可愛く見えて、そんなにお菓子が食べたいのかしら？と綾優はクスッと笑った。

「先生、T市にはよく行かれるんですか？」

「うーん、姉がいるけどあまり行かないな。でも、光晟や濱本や、同期が集合しちゃったから、時々遊びに行くかもね。もうこっちにいてもつまらないし」

「……そうですね」

向井は、俯いた綾優の頭をなでる。

「でも、まだ綾優がいるから寂しくないや」

「とんでもない。私に吉川先生や濱本先生の代わりはできません。でも……先生ありがとうございます。こんな私をかまってくださって」

「綾優はそういう子なんだよね。だから好きなんだ。でもさ、綾優はもっと自分に自信を持って発言しても良いと思うよ」

第一印象が悪くて、おまけにメスゴリラだと聞かされていたので、向井のことを怖い人だと思っていたのに、知れば知るほど心根が優しい人なのだと分かってきた。

濱本の周りには自然と良い人が集まって来る。きっと、彼の人柄がそうさせるのだろう。

仕事を終えて家に帰り、濱本からの過去の暗号っぽいメッセージを何度も読み返しながら、今頃何をしているのだろうと思いを馳《は》せた。

翌日出勤すると、総合受付に上甲の姿はなく、代わりの職員がいた。

(本当に行っちゃったんだ)

どうぞ、上甲の情熱が伝わって、吉川とうまく行きますように……と綾優は祈った。

土曜の夜、濱本からメッセージがあった。

『明日昼すぎに帰れそう。マンションに来てくれ』

『はい。お昼ご飯を作ってもよいですか？』

返信するとスマホに着信があった。

「綾優」

「祐光さん、こんばんは」

「昼飯作って待ってくれるのか？」

「はい、良いですか？」

図々しいけど、多分掃除や洗濯もするかも。

「嬉しいよ。お土産は何が良い？」

「向井先生が和三盆ロールを頼んだって言っていましたけど」

「そうだっけ？　綾優、食べたいのか？」

「面倒でなければ、ちょっと食べてみたいかも。でも、祐光さん」

「うん？」

「疲れました？　声にちょっと元気がないみたいですけど」

「大丈夫だよ。早く綾優に会いたいだけ」

不意打ちみたいに甘い言葉をくれるから、綾優の体温が一気に上昇する。嬉しいのだけれど、どうしても照れてしまう。

「あっ、あの、気を付けて帰ってきてくださいね」

言葉は少ないけれど、濱本はいつも素直に気持ちを伝えてくれる。そこは、綾優が絶対に真似《まね》ができない所だ。

綾優はその逆に色々悩みすぎて、気持ちの半分も言葉にできない。そんな自分に対してため息が漏れてくる。

翌日、祖母に濱本のマンションに行くと伝えると、快く送り出してくれた。

カレーライスを作っておこうと思い、途中でスーパーに立ち寄ってからマンションに着いた。

主のいない家に勝手に入るのは、別に悪いことをしているわけでもないのにドキドキする。

(不法侵入者じゃないですよ)

誰に伝えるわけでもなく、小さく呟きながら合鍵で玄関を開ける。

風を通そうと、リビングの窓を全開にした。寝室に入るとシーツが皺くちゃで、図々しいとは思ったけれど洗濯をすることにした。

リネンは中性洗剤で軽く洗えば良いとネットに書いてあったので、その通りにしてみた。

「濱本帰ってるのー？」

向井の声だ。ベランダで洗濯物を干していると、隣から声がかかる。ちょっと恥ずかしかったけれど、小さな声で返事をする。

「先生、綾優です。濱本先生はまだ帰ってないんです」

「綾優、来てたのか！　ねーねー、コーヒー豆ない？　姉ちゃんが来てるのに、切れててさぁ」

「あ、あります」

「もらいに行って良い？」

「あっ、は……」

綾優の返事も聞かず、ドタバタと窓を開け閉めする音が聞こえて、すぐにピンポーンとチャイムが鳴った。

「ふぅ、向井先生ってば」

濱本がいないのに、部屋に入ってもらうのはどうなんだろう？　と思ったけれど、向井は豆を入れるガラス瓶を手にずかずかとキッチンに入って来た。

「先生、これで良いですか？」

スペシャリティーの豆が沢山残っていたので、一袋丸ごと渡した。

「ありがとう、助かったよ。客をもてなすコーヒーも切らせてるのかって、姉ちゃんうるさいんだ」

「玉井さんですか？」

「ううん、真ん中の姉ちゃん。綾優、雅姫に会ってたっけ？」

「……はい。以前マンションのエントランスでお会いしました」

あれは、向井が濱本にこっぴどく叱られた後だったので、『言うんじゃなかった』と一瞬後悔したのだけれど、向井は吹っ切れているのか全く気にしていない。

「あーあの時か」

そう言うと、ガハハと笑ってさっさと自室に戻って行った。


夕方、濱本がピンポーンと玄関ベルを鳴らせて帰ってきた。自分も鍵を持っているくせに鳴らすんだ？　とツッコミながら玄関に走る。

「ただいま。ん、綾優どうかした？」

「だって、自分の家なのにチャイムを鳴らすから……」

「出迎えてもらうと嬉しいんだよ」

しばらくぶりに会う濱本は、少し疲れているように見えた。リビングにバッグを無造作に置くと、ジャケットをソファーに放り投げ、いきなり綾優のウエストに腕を回す。

「会いたかった」

「私も……」

想いに応えるように腕を回して、シャツをギュッと握った。小さい声で言ったけれど、ちゃんと聞こえているかしら？

「綾優は柔らかいなぁ」

強く抱きしめながら、濱本が呟く。

「ガサツなオッサンと顔をつき合わせていたから、綾優を見るとホッとするよ」

「オッサン？」

「大澤や、向井の従兄弟たちやら、色々」

綾優はプッと吹いて濱本の胸に顔を埋める。

「祐光さん、そういえば吉川先生に会いました？」

「うん。一日目だけは吉川のマンションに泊まったよ」

「え？」

「翌朝早くに、吉川の彼女が押しかけて来て、俺は追い出されたんだよ。吉川がどうかした？」

「その彼女って、上甲さんでした？」

「……ああそうか、受付の人か？　どこかで見たことがあると思ったよ。それで俺に笑いかけていたのか」

「その彼女とどうなったかなんて……知らないですよね？」

「綾優、やけに気にしてどうした？」

「その……上甲さんと色々と……私達、お友達なんです。それで吉川先生に会いに行くって聞いたから気になっちゃって」

「そうか、まぁうまく行ったんじゃないかな」

「本当ですか⁉」

上甲の思い切った行動が、吉川に受け入れられたのだと分って、綾優は一安心した。嬉しそうな綾優に、濱本は苦笑する。

「お前さぁ、それ今日一番の笑顔なんだけど……」

「あ……ご免なさい。あの、ゴハンを食べますか？」

「うん。そういえば……」

袋から出したのは、和三盆ロール
「わ、嬉しい」

「後で食べような」

「多いから、半分向井先生にあげてもいいですか？」

「いいけど」

「よかった。ちょうどお客さんが来ているんですって」

「ふーん？」

「コーヒーのお裾分けをしました。真ん中のお姉さんが来られているそうです」

「そうか、来ているのか」

「はい」

ミリ単位でテンションが下がった濱本に綾優は首を傾げる。

それが、妙に心に引っかかってしまった。

綾優の作るカレーはサラサラ系だ。カレー粉はインスタントを使う。沢山の玉ねぎをあめ色になるまで炒《いた》めて、煮崩れしにくいメークインを使い、後は人参《にんじん》を入れる。お肉はできるだけ質の良い和牛の切り落としを軽く炒めて最後に投入する。祐光の口に合うか心配だったけれど、勢いよく食べてくれるので気に入ってくれたのだろうと安心する。

「美味いよ」

「祐光さんのお母さんのカレーはどんな感じでした？」

「普通に茶色くて、肉は固まりを使っていたような……とは言っても、お袋が作るんじゃなくて、家政婦さんが作ってくれていたんだと思う」

それを聞いて綾優の目がまん丸になる。政治家を輩出した家庭だと聞いていたけれど、家政婦がいたとは驚きだ。

コーヒーが出来上がる間に、向井の部屋にロールの半分を持参した。

「半分なんですけど、よかったらどうぞ」

「えっ？　ホントに良いの？」

「はい。ちゃんと和三盆ロールを買ってくれました」

「綾優、ありがと～。これが食べたかったんだ」

綾優を抱きしめんばかりの勢いの向井。買ったのは濱本で自分ではないのだが、そこまで喜ばれるとこちらも嬉しい。

テンションがかなり上がった向井を玄関に残して、綾優はさっさと部屋に戻った。

「向井先生大喜びでしたよ」

「そうか？　アイツのことはどうでも良いけどな。そうだ綾優、本当のお土産が……」

「え？　さっき頂きましたよ」

「あれはオヤツだ。これは綾優に。俺には分からないから、光晟の嫁の理子さんに一緒に選んでもらったんだ」

それは、ネイビーのリボンに包まれた白く小さな箱で、若い女性に人気のジュエリーブランドだった。

　差し出されたそれを綾優は凝視する。

（て、手が出せなーい！）

受け取ることもできず固まる綾優に濱本が痺れを切らした。

「綾優、う・け・と・れ」

キレながら笑っている。

「心配するな。サイズが分からないから指輪じゃないよ」

それを心配と言うあたり、綾優の性格を知り尽くしている。恐々とリボンを解いて箱を開ける。

白いジュエリーケースの中には、白金のネックレス。透明に輝く一粒石《ひとつぶいし》は……？

「祐光さん、これ……」

「綾優に似合いそうだったからこれにしたんだ。俺も気に入ったし」

「……」

「趣味じゃないか？」

そもそもこんなプレゼントをもらうことが初めてで、綾優はどうして良いのか分からない。それも一粒ダイヤのネックレスだなんて。

「先生、ハードル？　ハードルが高すぎます」

「ハードル？　時々お前はわけの分からないことを言うな。気に入らなかったら、別の店で一緒に選ぶか？」

綾優は頭をブンブンと振る。

「ありがとうございます。私、こういうことに本当に慣れていないので……」

「つけてやるから、髪を上げて」

濱本はネックレスを手に取ると、綾優の首に着けた。石の位置を直して微笑む。

「うん、似合う。見ておいで」

そう言って洗面室を指した。

ドキドキしながら鏡を覗くと、小粒だけどキラキラ輝くダイヤが上品ですごく素敵だった。

気が付くと、濱本が後ろに立っていた。

「これくらいのサイズが普段使いに良いよな。綾優、普段もずっとこれを身に着けてくれ」

「普段？　勿体《もったい》ないです……よ」

「良いから。いつも身につけてくれ」

濱本が真剣な表情で言うので、綾優は頷くしかない。普段使いなどして壊すといけないと思うのは貧乏性なせいだ。

「はい」

「綾優、ベッド行く?」

小さく頷くと、濱本に手を引かれ寝室へ向かう。

「そういえば祐光さん、オヤツどうしましょう?」

「うん、後で」

そう言って、綾優の鎖骨に唇を這わす。

「あ……」

優しいタッチで、鎖骨から首筋までキスされて、その感触に蕩けそうになる。

服を一枚一枚ゆっくりと脱がされ、ブラを外される。外気に晒された胸が、ぷるんと揺れた。

「おいしそうだな」

先端を口に含まれて、快感が一気に体を突き抜けた。

「ん……あっ、ああ」

悦楽に酔いしれながら、どうしてだか、ついさっきの濱本の浮かない表情が脳裏をよぎる。

『そうか、来ているのか』

いつかの向井の言葉が急に蘇ってきた。

『忘れられない女がいるからね』

向井は意味ありげな言葉を使って、人を陥れたりなどできない性格だ。だから、自然と溢れた言葉には真実味がある。

「綾優、どうした?」

綾優の頬に手を添えて、濱本がジッと見つめていた。

「あ、ごめ……」

「いや、何かあったのか？」

「祐光さん」

「うん？」

「向井先生のお姉さんの話をした時、急に暗くなったのはなぜ？」

「……」

ほんの数秒間のはずなのに、長く感じた沈黙。背中をヘッドボードに預けて、濱本がポツリと呟いた。

「綾優、本当に気にしないで欲しいんだ」

「何をですか？」

「俺は向井の姉と学生時代に付き合っていたんだ」

「……えっ」

「頼むから深刻にとらないで欲しい。互いの進路や勉強の方が大切になって、自然消滅したんだよ」

「それだけですか？」

「それだけ。綾優に疑念を持たれたくないからあえて言ったけど、本当に気にしないで欲しい」

説明している間、綾優の背中を撫でる。その彼女ともこんな親密な関係だったのかと想像しただけで、綾優の胸が締め付けられる。

「綾優、辛そうな顔をしないでくれ」

意外な言葉に顔を上げ、濱本を見つめた。

「……私、そんな顔してますか？」

濱本は返事をする代わりに綾優の唇を軽く噛んだ。

「綾優にそんな顔をさせているんだと思うと、俺も辛くなるよ」

濱本に辛い思いをさせるのは嫌だ。でも、溢《あふ》れ出《だ》すモヤモヤが止まらない。

「祐光さん、今の私、とっても嫌な人間です」

「綾優が？」

「はい。祐光さんの過去に、すごく……」

「嫉妬している？」

綾優は両手で顔を覆った。醜い自分を隠してしまいたい。濱本は綾優の手首を優しく握って顔から離す。

「綾優、顔を見せて」

「な、なんで？」

「嫉妬をする綾優の顔を見たいから」

綾優は一瞬耳を疑った。いつもは優しいのに、たまに思いもよらない場面でこんなことを言う。

綾優は悔しくなって毒を吐いた。

「ドSになるには最悪のタイミングのような気がしますけど？」

「ドS？」

心外な！　と言う顔で綾優の顔を覗き込む。

「俺のことが好きでたまらないんだろう？　そんな綾優を堪能するのはいけないことか？」

そう言って、濱本は愛撫を再開した。

潤みきった蜜口に屹立を押し付けて、一気に挿入する。

「……あっ！」

性急な挿入にビクッとしたけれど、トロトロの内部は簡単にそれを招き入れる。キツくて苦しいはずなのに、一気に上りつめそうな悦楽に背がしなる。

「あぁっ！　……祐光さんっ」

「綾優……すごくイイ……」

酸素が足りなくて、半開きにした唇に舌が侵入し塞がれる。どこで息をしたらいいの？

パンパンと体が当たる音と、お互いの荒い息遣いが静かな寝室に響く。子宮にまでズン！　ズン！　と響くような抽送が続き、気が遠くなりそうだ。

最奥を突かれ、震えるような快感が体を這《は》い上《あが》ってくる。

「あ、あぁ……ん」

「……くっ、綾優……」

激しく、ほぼ同時に達した。

気怠《けだる》そうに体を離した濱本が、横になり綾優の首の下に腕をさし入れた。そのまま引き寄せられて抱きしめられる。

「綾優、汗かいたな。シャワー浴びる？」

「ん……このままでいたい」

お互いの汗が混ざり合う。それさえも嬉しくて幸せな気持ちになる。

（そんな私は変かしら？）

次第に瞼が重くなり、いつしか綾優は眠りについていた……。気がつくと窓の外は、もう薄暗くなっていた。綾優が急いで起き上がると、その動きを感じて濱本もすぐに目を覚ました。

リビングで二人、和三盆ロールを煮詰まったコーヒーで頂いた。

「ロールは美味しいですね。向井先生が食べたがったのも頷けます」

「向井は食いしん坊だからな」

「ふふっ」

コーヒーマグをテーブルに置いた所で、綾優は居住まいをただして濱本に声をかけた、

「祐光さん、ごめんなさい。嫉妬なんかして」

「俺は嬉しかった。おかげで綾優の激しい一面が見られたから」

「……！」

月曜、出勤すると、上甲が受付にいた。吉川とはどうなったのか色々聞きたかったけれど、忙

しそうだったので遠慮して循環器科に向かう。

しかし綾優と目が合うと、上甲は舌を出してピースサインをしてくれた。その顔を見て、吉川とうまくいったのだと確認できた。他人事だけれど、やっぱり嬉しい。

その週はやたらと忙しく、仕事が終わったら濱本からメッセージや電話が入って少しおしゃべりをするだけで会うことができなかった。濱本は土日連続でT市に向かうと言う。

「日曜の食事会に綾優も参加しないか？」

土曜は一日中手術の手伝いで、日曜は短い手術の手伝いの後に食事会があるそうだ。

「俺が仕事をしている間、綾優は買い物でもしたら良いよ。夕方に拾って向井病院の食事会に連れて行く」

大人数の食事会で、この前会った大澤や向井の家族も一緒だと言う。結局、綾優は即答できずに、返事は待ってもらうことにした。

第七章　綾優の決心

日曜日
結局、濱本に強く望まれて、綾優は共にT市に行くことになった。祖母に見送られ、濱本の車に乗り込む。

今日はフラワープリントのワンピースとカーディガン、薄いコートを羽織ったスタイルだ。

濱本は出てきた綾優をしばらくの間見つめて、満足そうに頷いた。気に入ってくれたのだと思いたい。

いつもはあまりオシャレな服装はしない綾優だけれど、今日は頑張った。目立たないようにだが、きっちりとメイクもした。洋服は気に入って買ったものの、よそ行きのワンピースなので着る機会がなかったものだ。着たのは良いけれど、実は気恥ずかしくて落ち着かない。車が走り出してからモゾモゾする綾優に、濱本が声をかける。

「どうした綾優、もうトイレか？」

「ちっ、違います」

慌てる綾優を見て、濱本は目を細めて笑う。

Ｔ市に着いたのが十一時。繁華街に車を停めて、イタリアンの店に入った。

「前に来た時、ウニのパスタが美味かったんだ」

濱本お勧めの店なら味に間違いはないはず。綾優は迷わずウニのパスタを注文した。確かに、ウニのパスタは美味だった。食事の後、手を繋いで街中を歩くのが恥ずかしいけれど正直嬉しい。濱本の手は大きくて温かい。この手をずっと放したくない。そう感じて、胸が一杯になる。

濱本が転勤すれば、物理的に距離が離れてしまうが、心まで離れてしまったらどうしよう？　そんなありもしない未来に怯《おび》えてしまう。

どうしてだかいつも悪い方向にばかり目を向けて、あれこれ悩んでしまう。黙り込んだ綾優の顔を濱本が心配そうに覗き込む。

「どうした？　黙り込んで」

「あ、あの……手が」

「手が？」

「……温かいなって思って」

そう言うと濱本は繋いだ手をギュッと強く握って、また歩き始めた。

噂の向井病院は、想像以上に巨大だった。総合病院だから、大きいだろうとは思っていたものの、綾優が今勤めている病院ほどではないだろうとタカをくっていたが、同等かそれ以上の規模だった。

個人病院でこの規模はすごすぎる。これなら医者がいくらいても足りないはずだ。いったい病棟は何床あるのだろうか？

「近くに商店街があるから、夕方まで飽きずに過ごせるぞ」

おしゃれなショップが多いことはネットで検索して知っていた。商店街のあたりで買い物するつもりで、お目当ての店の情報もゲットしている。

「手術が終わったら連絡するから、六時頃になると思う。それまで一人で大丈夫か？」

「祐光さん、大丈夫です。子供じゃないんですから」

ちょっと過保護だと感じて、大人であることを強調すると、濱本はニヤッと笑う。

「綾優が子供じゃないことは、俺がよく知っているよ」

濱本はそう言って、赤面が爆発した綾優をチラッと見て悦に入る。

病院の駐車場で濱本と別れ、綾優は商店街方行に向かった。数年前に再開発されたこの商店街はこぢんまりとして、感じの良い店が並んでいる。

(良い街だなぁ、こんな所に住めたら楽しいだろうなぁ)

そう素直に思った。濱本と共にここで生活する自分を想像して、ときめくと同時に胸が痛くなった。それは、祖母を一人にさせてしまうこと。無理だ、とても自分にはできない。

そんなことを考えながら歩いていると、聞き覚えのある声に呼び止められた。

「綾優！」

いきなり後ろから肩を叩かれて、ビクッと飛び上がる。

「むっ、向井先生！」

「悪い悪い。ビックリさせちゃった？」

「心臓に悪いです！　先生も食事会に出席されるんですか？」

「うん。綾優がブラブラしていたら捕まえようと張っていたんだ」

「やだ。ストーカーみたい」

綾優が身震いをすると、向井はガハハ！　と笑う。

「おしゃれして、どこに行くのさ」

買い物に行くのだと伝えると、ついてくると言う。連れ立って街を歩いていると、お目当てのセレクトショップが目に入った。広い店内で二人はそれぞれ好きなフロアに向かう。

綾優が自分のカットソーを買った後でメンズを見ていると、向井がやってきた。

「濱本に買うのか？」

「いいえ。多分好みじゃない気がします」

「濱本は高級好みだもんな。アイツは下着も高級品なのか？」

「なっ！　もう、向井先生ったら」

「なんだよ、教えてくれても良いじゃないか」

「知りませんっ！」

「知らないはずはないだろう」

ますますオヤジ化する向井を放置して、綾優は店を出る。

連れだって歩道を歩いていると、ふと向井が立ち止まった。綾優も立ち止まって向井を見る。

「濱本はこっちに来たら、すごく忙しくなると思うよ」

「はい。そうでしょうね」

「濱本は強いヤツだけど、やっぱり綾優の支えが必要だよ」

綾優は頷きながら、泣きそうになるのをこらえた。

「まぁ、二人の問題だから私は何にも言えないけどさ」

「……あの、先生?」

「ん?」

「私……祐光さんに相応《ふさわ》しい人間でしょうか? なんだか自信が持てなくて」

心が揺れていた綾優は、向井に甘えたかったのだ。つい弱音を吐いてしまった。すると、向井は綾優を叱咤《しった》した。

「綾優、怒るよ」

「えっ?」

「贅沢なことを言ってんじゃないの!」

「せ、先生?」

怒った向井は綾優の肩を叩いた。

「うだうだ言わない! さあ行くよっ!」

そう言うと、綾優の手を掴んで早足に歩き始めた。カフェに入って時間をつぶしていると、綾優のスマホに濱本からの連絡が入った。場所を伝えると迎えに来ると言う。

しばらくすると、濱本が店の中に入ってきた。綾優に笑顔を見せ、一緒にいる向井に頷く。

「綾優、待たせたな」

「ううん。お疲れ様でした」

「向井、綾優の相手をしてくれたのか？」

「綾優は私の友達だからね。それに、濱本のマル秘情報も聞き出したからよかったよ」

向井がイヒヒ……と含み笑いを向ける。

「俺の？　そりゃあ聞き捨てならないなあ」

マル秘情報などバラした覚えがないので、綾優は一人で焦っていたのだけれど、濱本は全く意に介していないようでゆったり構えている。口では怒っているようでも始終笑顔だ。

その後、三人で食事会のあるホテルに向かう。一等地にあるこのホテルは、綾優でも名前を知っている高級ホテルだ。バンケットルームで食事会を行うと聞いて、贅沢だなと驚いた。煌《きら》びやかなロビーに足を踏み入れ、案内看板の通りに会場に向かう。

広々とした室内に豪華なシャンデリアが煌めいている。寿司《すし》会席だと聞いていたが、壁際に数々のオードブルや酒類が並べられて目を奪われる。

（すごい……）

「綾優、こっち」

濱本に手を引かれ席に着いた。濱本が飲み物を取りに行ったので、手持ちぶさたであたりを見渡した。ふと視線を感じて顔を向けると、遠くの席からこちらを見ている男性に気がついた。只《ただ》者《もの》ではない雰囲気の中年の男性だ。

冷たい視線に、ブルっと背中が震えた。戻ってきた濱本に男性の素性を聞こうと思ったのだが、時すでに遅し、その男性は席を立ってこちらに向かって来た。

「濱本君、久しぶりだね」

声をかけられて、濱本がゆっくりと立ち上がり、淡々と答える
「向井学部長、ご無沙汰しています」

周りを見ると、皆がこちらを凝視していた。向井が手招きしながら、口パクでこっちに来いと言っているように見えたが、席を外すのは失礼だと感じて留まった。

男性がこちらに視線を向ける。

「お連れは、例の？」

問われた濱本はますます温度の下がった声になっていく。

「例の……とは意味不明ですが、彼女は私の大切な女性です」

自分が話題になれば知らん顔もできず、綾優は立ち上がって挨拶をした。

「初めまして、井沢綾優と申します」

「ミカン農家の一人娘だそうだな。君の相手にしてはずいぶんレベルが低い気がするが」

露骨なセリフに驚いて固まった綾優の右手を、濱本がギュッと握りしめた。そして、男性に向かって言い放った。

「一目見たくらいで女性のレベルまで見透《みとお》せるとは、学部長の眼力には恐れ入りました」

濱本の目が怒りの炎で煌めいているのを目の当たりにして、綾優は慄《おのの》く。濱本が怒っている姿を見るのは稀《まれ》だ。綾優は驚きと心配で胸がドキドキしてきた。相手は向井の父親で、現在濱本が籍を置いている大学附属病院の医学部学部長でもある。自分のせいで、濱本の立場が悪くなるのだけは避けたい。

「君の家と釣り合いが取れないだろうと心配したまでのことだ」

言いたい放題の男性に、濱本は言葉を返す。

「釣り合い？　そんなものは問題ありません。バカバカしい」

（どうしよう……）

睨《にら》み合っている二人の側で、オロオロと立ちすくむ。何もできない自分が情けない。綾優のできることといえば濱本の手を強く握り返すだけだった。

その時、柔らかな声が綾優の隣で響いた。

「綾優さん、この土瓶蒸し冷めちゃうと美味しくないから、早く食べましょうよ」

その声の主は、綾優の隣に腰をかけた大澤の妻理子だった。

「え？　あ、はい」

勧められるまま腰を下ろした綾優に、理子は話を続ける。

「光晟さんのおじさまって、頭が固くて妄想癖があるけど気にしなくて良いわよ。私も被害を被ったけど、今は幸せだし」

それは、その場にいる全員を凍らせるセリフだったのだが……いつの間にか、綾優の正面の席についた向井の姉の雅姫が突然、「ブッ」と吹き出した。

「思い出した！　そんなこともあったね。お父さんさあ、若い恋人同士を邪魔するのって趣味？　恥ずかしいから、もうやめて欲しいんですけど」

極め付けは、理子の向こう隣にいる大澤の一言だった。立ち上がると、伯父の肩に手をかけて面倒くさそうに言い放った。

「伯父貴、世迷言《よまいごと》はもう良いから座って飲んでくれよ。ほら剣菱《けんびし》を注いでやるから」

そうして、学部長を席に連れ戻す。

「そ、そうか、剣菱か……」

皆の冷たい視線を感じて、全く支持されないことを悟ったのか、そそくさと踵《きびす》を返した。

隣で濱本が肩の力を抜いた気配がした。そして、綾優の顔を覗き込む。

「綾優、すまない」

綾優は首を振って笑顔を向ける。

「皆に紹介できるいいチャンスだと思っていたけど、もう帰ろうか？」

「祐光さん、私なら大丈夫です。せっかく美味しいお食事が並んでいるんだから、頂きましょうよ」

学部長の言葉に取り乱したら、彼の思うつぼだと綾優は思っていた。絶対に泣いたりするもんか。ただのミカン農家の娘だけれど、人として大切なことが何かは知っているつもりだ。

悪意を持って人を傷つけることはいけないことだ。そんな、子供だって知っていることを立派な大人が知らないなんて、情けない。

雅姫が声高に父親を責めず、上手に笑いに変えてくれたことは救いだった。そして隣で優雅に食事をしている人。

「理子さん、ありがとうございました」

綾優は隣で土瓶蒸しに舌鼓をうっている理子に頭を下げた。

「ううん。綾優さん、嫌な思いをさせて本当にごめんなさい。もっと早く席についていれば、おじさまが近づくことを阻止できたのに……本当に彼のことは記憶から削除して良いからね！」

その隣の大澤も綾優に頭を下げる。

「俺からも謝るよ。我が身内ながら本当に情けない。今後、ああいうことは絶対に言わせない」

気が付くと、向井も綾優の前にやって来て詫《わ》びをいれるものだから、こちらが申し訳なくなったのだが、向井の一言が地味に笑えた。

「綾優、濱本、すまん！　実家に帰ったら、家族中で親父《おやじ》を陰湿にイジメ上げるから」

「おう、できる限りえげつなくイジメてくれ」

「ゆ、祐光さんっ！　もーっ向井先生、良いですそんなことしなくっても」

……と、そこに患者の急変で遅れていた吉川が入ってきた。

「みなさーん、遅れて申し訳ありませんでしたー」

ここでも底抜けに明るいキャラを通しているようだが、若干空気が読めていない。

「うるさい奴が来たよ」

嬉しそうに向井が笑う。

綾優達を見つけた吉川が、小走りにこちらに駆け寄ってきた。

「あっ、綾優ちゃん久しぶり！　会いたかったよー」

「吉川……子犬か？」

濱本が苦笑して呟く。

「綾優ちゃんさあ、ウチの病院の医局秘書になってくれないかなぁ？　今いる人が怖くてね、コーヒーも自分で淹れろって言うんだよ」

「えっ……私、またコーヒー係ですか？」

「アホか吉川、綾優はコーヒーを淹れるためにこっちに来るわけじゃないぞ」

「じゃぁ来ることはOKしてくれたの？」

吉川の顔が、一瞬パァッと輝いた。

「あ……」

申し訳なくて、濱本の顔が見られない。綾優は咄嗟に俯いてしまった。

「いや、まだOKもらってないけどな」

そう言うと、俯く綾優の頭を撫でる。

「綾優はじっくり考え中なんだよ。吉川せかすなよ」

「それなのにさ、ウチのオヤジがえげつないことを言いやがって」

向井が遠くの席で酒を飲んでいる父親に、鋭い視線を向ける。

「うへぇ、何を言われたのさ」

「それは言えない。でもアイツ綾優をけなしやがったんだ。あのバカ、なにも知らないのに」

「でも、よくミカン農家だって知っていましたね」

嫌だったけれど、彼の情報収集力に驚いたのは確かだ。

「アイツさ、気になる人間の周りをいつも嗅ぎまわっているんだよ。すべてを把握して支配したい人間なんだ。わが親ながら、もうビョーキ」

「なんだか、ちょっと怖いです」

「異常だよな」

自虐的な笑みを浮かべて話す向井。その表情だけで、これまで毒親にどれだけの迷惑をかけられたのかが窺《うかが》い知れる。でも、娘にそんな顔をさせる父であっても、生きているだけでずいぶん助けになるのではないだろうか？　それともいない方が良いのか、綾優には分からなかった。

高校生の時に両親を一度に失ってから、その部分の感情に蓋をして鍵をかけている。本音を言うと、家族や親族の多い向井が羨ましい。

しばらくすると、濱本が腰を浮かせた。

「綾優、すこし席を外すけどいいか？　先輩ドクター達に挨拶してくるから」

「はい。いってらっしゃい」

「濱本、俺らがいるから安心して回ってきなよ。向井のオヤジ殿は近づけないから」

吉川が頼もしいことを言ってくれるが、濱本は若干心許《こころもと》なげだ。

「威勢だけはいいなぁ。頼りないけど……頼むぞ」

そう言って席を離れた。

濱本が戻って来るまでに、綾優は気になっていたことを吉川に聞いてみた。

「上甲さんは、いつ頃からこっちに来るんですか？　職場でお見かけしたんですけど、忙しくて話ができなかったんですよね」

ビールを飲んでいた吉川がいきなりむせた。ゴホゴホ咳きこみながらナプキンで口を拭く。

「あ、綾優ちゃんっ、いきなりソコつく？」

綾優は笑いをこらえながら真面目顔を作る。

「上甲さんってば、吉川先生の転居先に押しかけるって、すごい勢いだったので気になっちゃって……」

吉川は、一旦天井を仰ぎ見て息を吐いた。

「それが……濱本が来ていた時にいきなりマンションに押しかけられて、俺ビックリしたよ。そっか、綾優ちゃんは知っていたんだ」

「はい。黙っていてごめんなさい。上甲さんの応援をしたかったので……」

「結局さ、週末にあいつの親御さんに挨拶に行くのよ」

「わ、大変だ！」

「でしょ？　アイツの家は代々医者でさ、地元では有名な資産家らしいんだけど、『財産も要らない、親も捨てる覚悟だ』って言われちゃうとさあ」

「上甲さんって、突破力ありますね」

「だよね。俺なんかで良いんですかい？　って感じだよ」

『俺なんか』だなんて、吉川は仕事はデキる人なのに全然偉ぶっていない。そんな所は謙虚でやっぱり素晴らしい。

「吉川先生、ちゃんと受け止めてあげたんですね。引いたりしなかったんだ」

「逃げ回っていたのは、それが彼女のためだと思っていたからだよ。県外の優秀な外科医との見合い話があるって聞いていたし……俺、長男で一人っ子だから婿養子になれないもん。別れるつもりでいたのに、循環器のクラークになるって言うもんだから、綾優ちゃんを巻き込んだりして……ごめんね」

「やっぱり、そんなわけがあったんですね」

今更ながら、吉川の過去の言動が腑《ふ》に落ちたし、『この二人ならきっと大丈夫』と思えてきた。

「先生って男前かも。あ、性格がね」

「でしょ。綾優ちゃん、ホレちゃった？」

「ううん、それはない」

「なーんだ。ガッカリだな」

「ガッカリじゃないだろ」

いつの間にか、ドクター達との挨拶を終えた濱本が席に戻っていた。

「綾優、医者仲間に紹介した後で帰ろうか」

「そうですね」

向井病院の若手の医師達に紹介をされて、綾優は必死に挨拶をした。その後は、皆に見送られて会場を後にしたのだった。


帰りの車内で、しばらく無言だった濱本が「綾優」と意を決したように名を呼ぶ。

「はい」

操作していたスマホを置き、綾優も居ずまいを正して、運転する濱本に顔を向けた。

濱本は綾優をチラッと見て、また前方に視線を戻し、口角をあげた。

「どうしたんですか？　笑ったりして」

「吉川とシンクロする気は、全くなかったんだけどな」

「はい？」

「近々、お祖母さんの都合のいい日を聞いておいてくれないか？」

「おばあちゃんの都合？」

疲れていたせいか、濱本の言葉の意味をにわかに理解できなくて、綾優はオウム返しに問いかけた。濱本は眉尻を下げて少し困った顔で笑う。

「ご挨拶をしたいから日時を指定して頂きたいと、お祖母さんに……たのむよ綾優」

ようやく、意味を理解した綾優は上ずった声を上げた。

「ご挨拶って……あっ!?」

「遠距離になるから、俺もちょっと焦っているのかもな。ちゃんと綾優のご家族に挨拶をしておきたいんだよ。俺の実家にも連れて行きたいし」

前方に見えて来たパーキングエリアに、車を左折させながら、濱本がサラリと言った。

それは、自分では分かっていたつもりだったけれど……いや、やはり実感がなかったと言うのが正直な所だ。

大人としてけじめをつけなきゃいけないんだと思うと、自然と緊張して来た。

濱本は車を駐車させサイドブレーキをかけると、膝の上で握りしめていた綾優の手を取った。

「それに、綾優に正式なプロポーズをしていなかった。ついて来てほしいって言っただけで……ちゃんと言わなくて悪かった」

「ゆ、祐光さん？」

「俺と結婚してください」

目を見つめて放たれた言葉に、綾優は胸を突かれた。車窓から漏れる街燈《がいとう》の灯りで、濱本の顔は艶を帯びて見え、綾優の胸の鼓動はますます大きくなる。

真摯なプロポーズの返事は、ただ一つしかない。

「はい。宜しくお願いします」

返事をすると、緊張していた濱本の表情がふわっと笑顔に変わり、それから安堵の表情に落ち着いた。

「綾優、ありがとう」

長い腕が伸びてきて、綾優は体を引き寄せられた。パーキングの隅に停めた車内で、二人は静かに、でも強く抱擁しあった。

濱本を強く抱きしめながら、綾優はようやく自分たちが対等なパートナーになったことに気が付いた。

『祐光さん、ありがとう。私を選んでくれて……でも、本当に私で良いのですか？』

綾優は喉まで出かかった言葉をとどめた。

それは自分の自信のなさから来る言葉で、濱本を思っての言葉ではないからだ。家の格が違うから、職業格差があるから……そんなことで、一歩下がって後ろで控えるのはやめよう。濱本は決してそんなことを望んではいない。


私はまだ未熟な人間で、今夜の宴席での心ない言葉にも正面から立ち向かうことはできなかったけれど、たじろがず無言で戦うことはできる。

裕福でも立派な家柄でもない代わりに、足ることを知っている。祖母や亡くなった両親から、たくさんの愛情をもらってきたから、これからは私が大切な人に愛情を注ぐことができるはず。

綾優は、動き出した車窓から遠く煌めく星を見上げながら、そんなことを考えていた……。


忙しいウイークデーの間、仕事が早く終わった時には、濱本のマンションに立ち寄って夕食を作ってから自宅に帰る日が続いていた。濱本は忙しく、一緒に食卓を囲んだのは数えるほどだったけれど、少しでも支えになれればと思ってのことだった。七月の初めの週末に、ようやく濱本の休みが取れて、綾優の実家に挨拶に来ることになった。

プロポーズされたことは、T市から戻った翌日の朝に祖母に報告をした。すると、祖母は真っ先に仏壇に向かって手を合わせていた。

濱本の挨拶の前夜から何を着ようかと着物を出したり、お寿司を頼もうとバタバタしていた祖母。

今朝も、仏壇の祖父や綾優の両親に向かって長い話しをしていた。

濱本は昼前に濃紺のスーツ姿で綾優の家家にやって来た。

スーツ姿の濱本を初めて見た綾優は、玄関先で暫くボーっと見とれていた。ジャケットの肩の線が絶妙で、素晴らしい仕立てと上質な生地のスーツが、濱本の男性的な体型と整った容姿を引き立てて、見惚れるほどに素敵だったからだ。

半分口を開いていた綾優に、濱本は笑いながらチュッと軽いキスを落とした。

そのキスで我に返り、綾優は一気に真っ赤になる。頬の火照りを冷ましつつ、居間に案内する。

待っていた祖母は、濱本を嬉しそうに招き入れ、結婚を快諾してくれた。

「T市にお祖母《ばあ》さまもお迎えして、一緒に暮らしたいと思っています」

濱本がそう言うと、祖母は嬉しそうに微笑んだ。綾優も必死にT市に誘ったのだが、祖母はここに残ると言う。

「気持ちはありがたいけれど、私はここを守ります。それに、若い夫婦の邪魔はしたくないわ」

そう言って笑った後、真剣な表情で濱本に言った。

「綾優は高校生の時に事故で両親を亡くしました。随分と辛かっただろうに、私には一言も泣き言を並べませんでした……身内が言うのも恥ずかしいですが、この子は思いやりのある優しい子です。濱本さん、綾優に私たちが十分に与えてやれなかった幸せを……どうか綾優をお願いいたします」

祖母が、濱本に頭を下げて言い募る。綾優はその言葉を聞いて涙が溢れた。

両親が亡くなった時、心が凍ってしまって涙が出なかったこと。そして気持ちが落ち着いてからも、誰にも泣き顔を見せなかったこと。自分が泣くと祖母がその数倍悲しむことを知っていたから。……そういう綾優の気持ちを、祖母は全部分ってくれていたのかもしれない。

綾優は濱本の隣で、止めどなく涙を流した。そして、濱本の申し出を有難く思いながらも、祖母にここを離れることを決心させるのは、容易ではないと感じていた。

濱本の転勤まで、あとひと月を切った。綾優も退職して後を追うことになっている。

祖母のT市行きについては、あれから時間をかけて説得を重ねた。綾優はどうしても祖母を置いては行けないと思っていたのだ。濱本もまた説得に参加してくれたが、祖母は笑って首をふった。

「心配はありがたいけど、私はここに残って山と家を守ります」

「お祖母ちゃん……」

涙目の綾優に祖母は笑顔でこう言った。

「あんまり年寄り扱いしないで欲しいわ。私は句会や新しいお稽古事で忙しいのよ。でも、綾優ちゃん、寂しくなったらいつでも帰ってきて良いのよ。ここは綾優ちゃんの家なんだから」

愛優は祖母の話を聞いて、この土地を離れない本当の理由に気がついた。

（お祖母ちゃん、私の事を心配して……？）

幸せな結婚をしても、将来何があるかわからない。だから……綾優がいつでも帰って来られる家を守ってくれるのだと……。

綾優が祖母を心配する気持ちに嘘はないけれど、実は心の奥底で、名家に嫁ぐことに不安を感じ揺れていたのは確かだ。綾優はそんな自分を恥じた。そして何よりも、自分に対する祖母の深い愛情に胸がいっぱいになったのだった。

「おばあちゃん、ごめんなさい。私……」

気持ちが溢れて、何も言えなくなった綾優に祖母は言う。

「私はねえ、綾優ちゃんが幸せになってくれたら、それだけで良いのよ。いい人に出会えて本当に良かった……」

祖母が歳《とし》をとっていけば、介護など色々な問題が待っているだろう。でも一人で不安や苦労を背負う必要はない。

先行きに全く不安が無いと言えば嘘になるけれど、綾優は今、前向きで楽天的な心持でいる。

自分は一人ぼっちではないと、やっと自覚したからだ。

支え、守り、一緒に道を進んでくれる人が隣にいる。その人は今、綾優の実家の居間でスポーツ番組を見ている。縁側では祖母と近所のおばちゃんがお茶を飲みながら世間話に花を咲かせている。

思えば……あの送別会の夜、こんな日々が訪れるとは想像さえもできなかった。

綾優は、一生一人で生きて行くものだと思っていたからだ。あの日、濱本がタクシーに乗り込んで来た、それがすべての始まりだった。どんどん惹かれていく自分を制御できなくて、これは恋なんかじゃないと必死に戒めていたけれど、結局気持ちにブレーキをかけることはできなかった。

でも今は、正直に言える。濱本と一生共に生きていきたい。そんなことを思いながら、欠伸《あくび》をする濱本を見ていた。

綾優の視線に気がつくと、濱本はきっとこう言うだろう。

「綾優、どうした？　こっちにおいで……」

第八章　濱本の憂鬱

三十歳をとっくに過ぎたというのに、濱本には浮いた噂の一つもなかった。

大学時代からの親友である大澤はすでに父親だ。同じく友人の吉川にも付き合っている女性がいると聞く。

学生時代に交際したのは、医学部の同期である向井の姉で、二歳年上の医学生だった。

仲間内で集まって遊んでいる内に、自然と付き合い始めたのだが、彼女の卒業と同時に関係は消滅した。別の女性と付き合ったこともあったが、一生を共にしたいと思うような女性には出会えなかった。

誘われても心が動かない。媚びた視線を向けられると、心底うんざりしてしまう。淡白にも程があると、悪友達からは心配されていた。

思うに、自分は異性に強く惹かれたり、心を許し切った深い関係を築くことができない性格なのかもしれない。

「俺の心は空っぽだ」

今更宣言してもなにも変わらないが、幸せな友人達を見ているとそれを実感する。

今日は日曜日。救急の受付では、日直の看護師や事務達が束《つか》の間《ま》の休息を楽しんでいる。

「濱本先生、お菓子いかがですかぁ」

看護師が甘い声をかけて来たので、とりあえず立ち止まった。受付には、師長を含む四人の職員がいて、笑顔で濱本を迎えた。

「腹減ったな、ここで食べよう」

看護師の一人がコーヒーを淹れようと立ち上がった直後にピッチが鳴り、濱本は病棟に呼ばれた。急いで出て行こうとすると、事務服の女性に呼び止められる。

「後で召し上がってください」

何かを紙に包んで手渡してくれた。

エレベーターで手の中のものを見ると、それは懐紙に包まれた細長い最中《もなか》で、口にいれるとほんのり甘かった。

その優しい甘さを味わいながら、手渡してくれた女性の顔を思い浮かべていた。

頬が桃色に染まった、瑞々《みずみず》しい女性だった。無垢な雰囲気が独特で目を惹く。それに、今時懐紙に菓子を包む女性がいることにも驚いた。

濱本の家は代々政治家を輩出しており、彼も子供の頃から英才教育はもちろん、日本古来の茶道や武道などを身につけていた。そのため、懐紙が古の女性の身だしなみの一つであることも知っていたのだった。

それにしても、最近の友人達の惚気《のろけ》には困ったものだ。第二子ができたと言って喜びに沸いているし、彼女とのデート内容を逐一教えてくれるヤツもいる。

そんな友人に囲まれている内に、濱本の胸に小さな風穴が空いたのかもしれない。もしかして……俺だって、幸せになっても良いんじゃないのか？

心をもっとオープンにして、素敵な女性を見つける努力をした方がいいのかもしれない？　でないと、身も心も干からびてしまいそうだ。

表面上は、愛想が良くて優しい印象の濱本だが、中身はかなり強気で頑固な性格だ。人に阿《おもね》ることができないし、はっきり物を言うので、自分を出しすぎると他人から煙たがられる。こんな性格のオッサン予備軍が、果たして女性に好かれるのだろうか？　恋愛をしなさすぎて、どうしたら恋が生まれるのかも忘れてしまった。……遅すぎる恋活に、若干の不安を感じる。

そこで、友人達の恒例の飲み会で、酒のグラスをあわせながら、それぞれに聞いてみた。

「なぁ、どうやって、彼女だと分ったんだ？」

それで通じるから不思議だ。友人Aは簡潔な答えをくれた。

「出会えば分かる。または、すでに出会っていてもある日気が付く、そんなもんだ」

深いんだか面倒くさいんだかよく分からなくなった。

試しに、大澤にも聞いてみた。

「目につくんだよ。それから目が離せなくなる」

「おい、お前はハンターか？」

濱本には、自分の親友がサバンナで狩りをする種族に見えてきた。

「なんだ、濱本の恋バナか？」

面白がって寄って来た、うるさい天才外科医にも聞いてみた。こいつも、何だかんだあった割には、美人の嫁をもらって落ち着いている。

「嫁を選んだ決め手は何だ？」

「匂いで分かる」

「……お前は野獣か？」

大澤が爆笑したが、俺から見ればコイツらはどちらもいい勝負だ。顔ではなく匂いで判別したと聞くと、コイツの天然はある意味深いかもしれないとさえ思てくる。


そんな濱本が友人たちのアドバイスに感謝をする時が来た。それは、三月も終わりに近づいた頃、田舎にしては、驚くほど設備の整った拠点病院に転勤が決まった時のことだった。近いうちに、大澤の親族が経営する向井総合病院に呼ばれる可能性は大だったが、それまでの間は大学の医局に仕えて各地を転々とすれば良いと考えていた。

前病院の送別会の席で、同時期に退職する面々を紹介されたが、その時一人の女性が目に留まった。

あの色白の顔には覚えがある……。

自分の記憶を近い週ごとに取り出していくと、休日の救急当直の記憶に彼女が保存されていた。表題は『甘い舌触りと桃色の彼女』だ。目で見た記憶は、写真のように、脳にファイリングできる。ヒモ付けした記憶の方が、より取り出しやすい。なお、大切な記憶には表題を付ける。

甘い舌触りは、彼女にもらった最中のことだが、なんとなく、彼女の肌も口にすれば、ほのかに甘いのかもしれないと考えていたら、少し下腹部がザワザワしてきた。

ここは送別会の席で、人前にいるのだと必死で自分に言い聞かせる。

（しっかりしろ、俺！）

隅の席で、病棟スタッフと歓談している彼女の隣が空いたので、当然隣の席に着く。彼女は濱本を認識すると、おずおずとした笑顔で会釈をした。

聞くと、祖母の世話のために実家に帰ると言う。なんと、実家は濱本の転勤先に近い。

彼女はウーロン茶を飲んでいた。ビールを飲まないのかと聞くと、極端に酒に弱いと答えが返ってきた。

「主役だから、少しは飲んだら？」

（ビールを飲んだ彼女が、赤くなる所を見たい）

濱本の勧めに素直に従って、彼女はビールに口を付けた。

宴もたけなわになった頃、隣の彼女はゆっくりと食事をしながら、やっとビールを一杯飲みきった。顔を覗き込むと、なるほど桃色だ。

「フー」

大きな息をして、頬を両手で押さえている。

「先生、生中もう一つ注文しますか？」

濱本を気にかけて、世話を焼こうとしているのだが、その押し付けがましくない態度が心地よい。

濱本が頷くと、周りの注文も引き受けている。彼女が自分のために注文したのはウーロン茶で、もうビールは要らないらしい。

しばらくして彼女が、「心臓がドキドキする……」と、胸を押さえて俯いた。脈を診たが、かなり早かった。

脈よりも気になったのが、手首の触り心地で、骨は何処ですか？　と言いたくなるほど柔らかい肌に、濱本の心拍数は急上昇した。

ただのエロオヤジと化して、その手を離したくないと思っていた。

長い間女っ気がないから、妙にムラムラしているとか、そう言うことでは決してない。

セーターをまくり上げた彼女の前腕は、薄いピンク色になっていた。

（まさか、体中が同じ色なのか？）

いけない妄想に走り始めた濱本の頭の中を読んだのか、彼女は少し口を開けてこちらを見上げている。

目が合い、視線が絡まった……二人の間だけが真空に包まれて、甘い雰囲気になりかけたその時、病棟看護師が割って入ってきた。

「やだー先生！　井沢ちゃんに手だしちゃダメよー」

酔っ払いに囃し立てられ、邪魔だと思いながら対応する。

「イヤ脈を……」

そう言いながら、彼女の手首を離さずに言い訳をしておく。

頬の色を話題にすると彼女は、赤くなるのが嫌らしく、桃太郎と言うあだ名で呼ばれていた過去を白状した。

可愛いさに心臓を撃ち抜かれて、こちらは昇天しそうだ。桃太郎……絶対に憶《おぼ》えておこう。

今の濱本の顔は、悪友に見られたら、末代まで話のタネにされそうなニヤケ顔だ。

送別会が終わり、酔った看護師にまとわりつかれながら周りを見渡すと、彼女がタクシーに乗り込もうとしていた。

考えるより先に足が動いて、濱本は同じタクシーに乗りこんでいた。驚く彼女に言い訳をしていると、酔った看護師もタクシーに乗り込んできた。

忌々しいが仕方ない、酔い潰れた看護師を送るために彼女と看護師のアパートに向かった。車内で騒ぐ看護師に辛抱強く話しかけ優しく接している。彼女の態度に濱本は驚きを隠せない。

(これが演技じゃなければ、彼女は希少種だぞ)

看護師を部屋に運びホッと一息ついたが、彼女の様子が少しおかしくなった。自販機に寄りかかっているが、今にも倒れそうだ。

彼女に水を渡しタクシーを呼ぶと、濱本は左腕で抱き寄せた。腕の中ですでに意識を飛ばせている彼女をそっと抱きしめた。

彼女の住まいは、病院の当直に聞けば教えてくれるはずだ。でも、聞かなかった。なぜ彼女を持ち帰ったのかって？

答えは一つ、離れがたかった。

自宅マンションに戻り、ベッドに彼女をゆっくりと降ろす。

柔らかい体、内側から光り輝く肌、細い骨格、そしてなにより人を包み込むような優しさ。

ほんの数時間ほどしか一緒にいないのに、濱本は彼女の人柄に惹かれ、波長が合うと感じた。

それでも、弱った彼女を手に入れるのは本望ではない。

気が付いた彼女に、ゆっくり休むように言うとベッドルームを出た。

体調が良くなって起きてきた彼女に、お気に入りのミネラルウオーターを渡すと、気に入った様子だった。

「美味しい」

水をゴクゴク飲んだ彼女の瞳が輝いて笑顔に変わり、そのままこちらを見上げる……。計算のない笑顔の破壊力は強大だ。

天然な彼女の魅力の矢に胸を撃ち抜かれて、濱本はしばらく動くことができなかった。

下心がバレたのか、それとも危険を察知したのか？　帰ろうとした彼女を追って濱本は玄関まで追いかける。

今までにないほどの必死さで彼女を引き留めながら、内心では、『どうした俺？』とツッコミを入れていたのだが。

彼女を引き留め、言いくるめてソファーに誘導すると、余裕の欠片もなく、いきなり彼女を抱きしめた。

(帰したくない……)

隙間が見つからないくらいに体を密着させて、服の上からでも分かる柔らかい体をしばし堪能する……やがて、彼女の手が濱本のシャツを掴んだ。それをＯＫの合図と勝手に理由づけてキスを落とした。

衝動が止まらない。

ソファーで事に及ぶのが恥ずかしかったのか、彼女が声を絞り出した。

「ベッドに連れて行って」

可愛いことを言うから、余計に止まらなくなる。

ベッドの上で彼女の服を剥《は》いだ、全部。思っていた通り、透明感のある白い肌はピンク色に染まって、『私を食べて』と、男を誘っている。

肌を合わせると、その柔らかさに溶けて彼女の上に沈み込んでいきそうになる。押し殺した甘い声や、微かな喘ぎが、ますます劣情に火を付ける。

舌と歯、手と言葉で追い詰めて、彼女の肌を興奮で赤く染めあげた。彼女の中に体を沈めたい。その欲望を必死に抑えて何度も絶頂に導く。

今夜はどうしてだか抑えが効かない。もしかしなくても彼女は処女だ。彼女の慣れない動きと、膣口に入れた指で分った。

もっと余裕のある時に、ゆっくりと解してやりたい。それでも、彼女に触れることは止められなくて、明け方まで彼女が失神同然に眠りに落ちるまで煽《あお》りつづけた。

やがて、寝室に差し込む日光で目が覚めた。同時に目覚めた彼女が、いきなり体を起こす。着痩せするタイプだと昨夜発見したばかりだが、その大きく張りのある胸が、プルンと揺れた。

思わず手を差し伸べる。

「やだっ」

案の定、思いっきり拒否られた。あれだけ好きにさせてくれたのに、まだ羞恥心が勝つらしい。目の下にできたクマさえ可愛く見えてしまう。どうした、重症かよ？　皮膚が薄いので、キスマークの跡が余計に目立っていた。かわいそうなことをしたな……やり過ぎた自分に激しく後悔する。

引っ越しが今日だと言う彼女を車で送り、電話番号を交換した。

別れ際、今生の別れみたいに心のこもった挨拶をされて弱った。

（綾優よ、これで終わりだと本気で思っているのか？　悪いけれどそれはない）

退屈なはずだった送別会……図らずも（イヤちょっと図ったか）それを境にモノクロだった毎日が、明るく輝き始めた。

初出勤から瞬く間に一週間が過ぎた。

新しいマンションの片付けも終わらず、未《いま》だ綾優には連絡ができていない。と言うか、ツレナイ綾優は予想通りメッセージ一つよこしてくれない。

綾優の、ド天然顔を見たい。

あの、ホンワカ空気に包まれたい。

転勤一週間で、重症の綾優欠乏症に罹《かか》って弱音を吐いていた。

「今夜こそは、ツレナイ綾優に、絶対連絡を取る」

心に決めてエレベーターに乗りこんだ。

エレベーターにはすでに先客がいた。いきなり入ってきた大男が怖かったのか、隅で俯き小さくなっている。

(そんなに怖がらなくても……)

ゲンナリしながらも無言でやり過ごす。一階に着いたので、先に降ろすと小さな声で礼を言われた。

その声が、綾優の声に聞こえて、会いたい病がかなりの重症だと自分でも呆れる。

何となく気になって、声の主の後ろ姿を暫く眺めていた……背恰好《せかっこう》が妙に綾優に似すぎている。

華奢《きゃしゃ》な肩の線、丸いヒップ。少し内股の歩き方。ニットキャップからこぼれた長い髪の毛がクリンと揺れていた。

(綾優じゃねーか⁉)

急いで後を追った。焦りすぎて、自分の動きがスローモーションのように感じる始末。駐車場で、車に乗り込んだのを確認すると、全速力で駆け寄った。

こちらに気がつかないまま、キャップを外して俯く横顔を見た。

(綾優だ！)

完全無視かよ？　ありえねえ！

泣きながら鼻をズルズルさせている綾優を、ガラス越しにしばらく見ていた。

(何だって、こんな所にいるんだ？　しかも、なんで泣いているんだ？)

理解不能だが、何か理由があるに違いない……あーあ、大きなメガネが鼻からズレている。今度はティッシュを探し始めた。ずっと眺めているわけにもいかず、濱本は車の窓を叩いた。

ようやくこちらに気が付いた綾優は、かなり驚いた様子で、ポカーンと口を開けている。

手招きをすると、慌てて車のロックを解除してくれた。

助手席に乗り込んで、綾優に会えた嬉しさをしみじみ噛み締める。

どんなに会いたかったか、お前は知らないだろう？

いきなりキスを落とすと、えらく驚かれた。いい加減馴れてくれても良いと思うんだが……。

泣いている理由を尋ねると、「汗です」と言って譲らない。

エレベーターで、すぐに自分に気が付かなかったことが引っかかっているようだ。声を掛ければいいのに……と思うのは間違っているか？

まぁ、依怙地《いこじ》な綾優もそれなりに面白い。

(早く俺に馴れろ綾優、懐いて甘えてくれ)

聞くと、祖母が入院しているらしい。そう言うことなら、再会に喜び過ぎるのも不謹慎かと思い、残念だが綾優を解放してやった。

夜、コンビニ弁当を買って散らかったマンションに辿り着く。医者の不養生とよく聞くが、まったくその通りだ。

長時間労働に、キャパを越えて襲いかかるストレス。真夜中の貧しい食事。一週間目にして、すべてが我慢のリミッター越えだ。

さて、綾優に癒してもらおうか？　と、約束通りにメッセージを送ると、少し棘《とげ》のある返事が返って来た。

(面白い)

楽しくなって電話をしてみた。

「はい」

綾優が出た。

「俺のメッセージが遅いって、暗に言ってるわけ？」

「……多分」

と、しっかり会話に付いてきた。

一方的に明日の夕食の約束をかわすと、綾優の気が変わらない内にさっさと電話を終わらせた。

弁当をレンジで温めている間、洗面室に行くとニヤケ顔の疲れたオッサンが鏡に映っている。

正直、気持ち悪い。

(俺って、こんなキャラだったっけ?)

翌日、朝から綾優にバッタリ会って癒された。ゴキゲンで仕事を終え、綾優の祖母の病室に向かった。

初めて会う綾優の肉親。

綾優とよく似た色白の、若いころの美貌がしのばれる、上品な女性だった。

(コイツも、こんなお婆《ばあ》さんになるのか?)

笑みが漏れて、愛おしさで胸がいっぱいになった……。

第九章　綾優の受難

夏の終わり、綾優は病院を退職した。T市内の、濱本が待つマンションに引っ越したのがその翌日。ありえないほどに慌ただしい月末だった。

マンションは市内の一等地にあり、少し歩くと商店街やデパートがあるのでとても便利だ。濱本の同僚達が住むマンションも、すぐ近くにある。

引っ越して二週間が経つのに荷物は中々片付かない。四週間前に先に引っ越した濱本が忙しすぎて、その荷物が片付かない内に、綾優の荷物が届いたからだ。

朝から一緒に片づけをしていた濱本は、病院に呼び出されて一時間前に出て行った。綾優は窓を開け放ち、汗をかきながら片づけをしていた。

クロゼット内の桐《きり》タンスに、濱本のセーターを入れていた時、チャイムが鳴った。

「誰だろう？　祐光さんはまだ終わらないだろうし……」

玄関を開けて、ビックリした、

「き、吉川先生？」

「綾優ちゃん！」

「こんな所で何をしているんですか？」

「何って、お土産を持って来たんだよ」

「えっ？」

なぜ綾優が、こんなにビックリしているのかと言うと……今週末に、吉川は結婚式を広島でとりおこなう予定で、こんな所でウロウロしている暇はないのだ。ちなみに綾優と濱本も披露宴に出席する予定だ。

「綾優さん！」

吉川の後ろから、上甲が顔を出した。

「わぁ！　上甲さんお久しぶりですっ！　さっ、片付いていないですけど、上がってください」

「それが、そうもいかないのよ。両親を車に待たせているの」

「あ、そうなんですか」

「そうなのよ。かまぼことお菓子を持って来たから、食べてね」

「わぁ！　ありがとうございます」

「綾優ちゃん、じゃぁ週末に会おうね」

忙しい二人は、大急ぎで帰って行った。

かまぼこは、綾優の大好きな店の高級かまぼこだ。歯ごたえがあって、最高に美味しい。

お菓子は地元の銘菓の最中だ。中の粒あんは甘すぎず上品な味で、地元民に大変人気がある。

綾優も子供の頃から、喫茶店を併設したお店によく連れて行ってもらっていた。

濱本が戻って来たら一緒に頂こうと、ホクホクでキッチンに片付けた。

暑かったので、水をゴクゴク飲んでいると、またピンポーンとチャイムが鳴った。

(今度は誰だろう?)

度重なる来客に、すこしオドオドしながら玄関に急いだ。

「お待たせしました」

濱本が戻って来たのかとドアを開けると、宅配業者が立っており、大きな段ボールを二個渡される。

「広島の濱本さんからです」

濱本の実家からだった。

印鑑を押して受け取った荷物はいずれもクール便。

一つは広島の銘酒大吟醸が三本。あと一つは、大きくて美味《おい》しそうなイチジクが沢山入った箱。

濱本の実家は、とんでもない旧家だった。代々政治家を輩出しているとは聞いていたものの、予備知識のなかった綾優は、濱本の帰省に同行した際に門がまえを見て、祖母の待つ実家に逃げ帰ろうと思ったくらいだった。

濱本が仲間内からお坊ちゃん扱いされていたわけが、少し理解できた。

以前向井の父が綾優と濱本を『釣り合わない』と暴言を吐いたが、あながち間違いではないと今では理解できる。

代々続く名士で、祖父から父、現在は兄が国会議員だと言う。普通のお家の出ではないな……

とは思っていたけれど、これほどとは予想だにしなかった。

緊張してカチコチになった綾優に家族は優しくて、少しずつ緊張も解けていった。

世話好きの義母とは、すぐに仲良くなれたのだけど……今日みたいに、『頂き物なのよ』と言っては、色々な物を送ってくれるのは嬉しさ反面、冷蔵庫に入り切らない時があるので少し困る。

その後、もう一件、同マンションに住む濱本の友人が訪ねてきて土産をもらった。

「もう、今日はどうして?」

キッチンには、大小さまざまな箱が転がっている状態だ。

濱本が帰ったら、生モノをご近所さんにおすそわけしなければいけない。

どこにお持ちしようか? と考えていたら、「綾優」と、背後から呼ばれて飛び上がった。

振り向くと、濱本が呑気な顔をして立っていた。

「祐光さん! ビックリした」

「どうしたんだ、鍵が開いていたぞ。あれ? なんだか箱が増えてないか?」

「あのね……」

綾優は届いた順に箱の説明をした。

「ふーん、スゴイな」

蓋をあけて覗き込む濱本におすそわけを提案した。友人用の袋を数個作って、お土産を分けて入れた。それを濱本に託して送り出す。広島の義母にお礼の電話をしようと思い、ふと無花果《いちじく》に目が止まる。

「和紙に包まれた高級無花果って、どんな味なんだろう?」

なんだか無性に食べたくなって頬張ってみる。

「うわ、どうしよう、すごく美味しい！　おばあちゃんにも食べさせてあげたい」

妙なテンションのまま広島の義母に電話をしたら、かなり笑われた。

「泣くほど美味しかったの？　それじゃあ、お祖母ちゃんにも送っておくわね」

太っ腹な言葉をもらう。良いんだろうか？　甘えて良いんだろうか？　と迷っていると……。

「じゃあまたね」

さっさと電話を切られた。義母は忙しい人なのだ。


衣類の片づけが終了したので、一息つこうと思いコーヒーを淹れた。

今日はエチオピア豆。スペシャリティーじゃないけれど、個性的な香りで少し酸味があってクセになる豆だ。いまだに故郷のお気に入りの店から取り寄せているのだけれど、こっちにも美味しいコーヒー豆のお店は有るはず……落ち着いたら探し歩いてみようと思っている。

生クリームを入れたくて、冷蔵庫を開けると、濱本の友達のお土産が目についた。

オレンジの箱を開けると、色とりどりのマカロンがギュギュっと並んでいる。

食べたい……でも、濱本がいないのに、先に色々食べると罪悪感を感じる。

「……」

しかし、甘い誘惑に負けて、綾優は塩キャラメルマカロンを食べてしまった。

「……美味しい」

極上の甘さに浸っていると、玄関を解錠する音が聞こえて、濱本が帰ってきた。

コーヒーとマカロンを出す。

「綾優、菓子半分食べてくれよ」

「良いの？」

遠慮なく口に放りこんだところで、濱本があれ？　と声を上げた。

「綾優、あの写真は？　リビングにないんだけど」

『あの写真』とは、綾優達の結婚式の写真だ。広島のご家族は、大々的な式と披露宴を希望していたのだけれど、綾優には無理だった。

濱本も大袈裟な式はしたくないと言う希望があったから、ご家族に無理を通して綾優の地元の神社で挙式をした。

当日は、広島から義母と義兄家族が来てくれた。

綾優の方は、祖母と近所のご夫婦と遠い親戚という、本当にこぢんまりとした静かな式だった。

綾優は厳かな心持で幸せだった。……幸せだったのだけど、その後義母がプロのカメラマンを調達していて、綾優達はムリヤリポーズをとらされてのアルバム制作が始まった。

その時の写真をリビングに飾っていたのだが、今日寝室に移したのだ。

後になって思えば、アルバムは記念になってやっぱり良かったなぁと、義母に感謝をした。

しかし、来客があるリビングに自分たちの写真を飾るのがどうしても恥ずかしかった。もっとも個人的な部屋に飾りたかったのだ。

「あのね、こっちです」

綾優は濱本を寝室に促した。寝室のチェストの上には、キャンドルや写真を飾って甘い雰囲気を作っている。そこに結婚式の写真を加えたのだ。

「あぁ良いね」

そのまま寝室で洗濯物を畳む綾優の隣に濱本も腰かけた。

「綾優、汗をかいている。暑い？」

そう言って、もつれた髪を手で梳いてくれる。なんとなく雰囲気が甘いものに変わっている気がして、綾優はハッと顔をあげる。

「ゆ、祐光さん？　まだ昼間ですし、今お片付けしているし、あの……っ」

と、軽くたしなめてみたのだけれど……。

「良いよ別に、綾優は片づけていれば」

そう言うと、Tシャツの上から胸元を軽く撫でる。その優しい刺激だけで、綾優の肌はゾクっと震える。その反応を、満足げに眺めていた濱本は、ほくそ笑んで綾優に言う。

「綾優、暑いだろう？　エアコンをつけてやるよ」

開け放っていた寝室の窓を締めきりエアコンを付けた。ドアもきっちりと閉め、こちらを振り向いてニッコリ笑った。

濱本の頭には、その爽やかな笑顔には似つかわしくない、よこしまな考えが浮かんでいるにちがいない。着心地の良さそうな麻のシャツを脱ぎ捨てて、ベルトに手を掛けた。

それを見ていた綾優は、ベッドの隅に体をずらせていく。

濱本が艶を含んだ声で囁いた。

「綾優、着ているものを脱ごうか？」

「……」

なかなか動かない綾優の胸の先やお腹を指先で軽く突く。

「どうしたの？　なんだかいつもと違いますよ」

「目の前でイチャイチャされて、あてられたのかな」

「祐光さん？」

「さっきお裾分けに行った先で、ほら新婚の夫婦がさ、俺の目の前で手繋いで座ってんだよ。ぴったりくっ付いてさ」

ちょっとだけムッとした顔で言う。

「新婚さんだもの仕方ないですよ。羨ましかったんですか？」

素直にウンと頷いている。その表情が綾優から見ると可愛いのだが、これが曲者《くせもの》だ。

「綾優は、人前で手を繋ぐのを恥ずかしがるし」

「あっ、あたりまえです。人それぞれなんですからねっ」

慌てる綾優をますます壁際に追い詰める。

「何が、人それぞれなんだ？」

また、容赦のない追及が始まった。普段は穏やかで、Sっ気の欠片も見せないのに、二人きりになると途端に執拗な人に変貌する。

それが、決して嫌ではないのだけれど……。

「綾優」

Tシャツに手が掛り、スルリと脱がされる。両手を捕まえられ、簡単に後ろ手にされた。

この体勢だと、胸が突きでる形になって、妙にエロティックに見える気がする。正直恥かしい。綾優のブラを目にした途端に、濱本の目の色が変わった。

「綾優、朝からこのブラだったのか？」

コクリと頷くと、濱本の息が少し荒くなった気がした。もしかして、もう一段危険なスイッチが入った……？

「綾優は、下着一枚で、俺を簡単に煽るんだな」

『そんなつもりは毛頭ございません』と言おうとしたその瞬間から、責め苦のようなキスが始まった。

「……んっ」

柔らかい粘膜をこすり合わせて、綾優は夢中でキスを返していた。

ブラを外されて胸が空気にさらされると、固くなった先端がさらに敏感になる。その小さな先端に熱い唇が下りてきた。甘噛みをされ、軽く吸われただけで、腰が砕けそうになる。唾液で濡れた片方を指でこねられて悦楽が背中を走る。綾優は思わず大きな声で喘いでしまった。

「あっ……あ、やぁ……っ」

「や、じゃないだろう？　好きなんだろう？」

いつもの癖で、綾優はきちんと答える。

「ん……好き」

もう片方も好き勝手に弄ばれて、綾優は甘い声をあげる。甘い責め苦を与える濱本の髪の毛に指を絡ませ抱きしめた。

「あぁん……祐光さ……ん、あ、やぁん……」

綾優の喘ぎに言葉では答えないけれど、強く吸い付きながら、指は蜜口を撫でる。するりと入ってきた指に中壁を擦られて腰が跳ねる。クチュクチュクチュ……蜜が止めどなく溢れる音が耳に届いて、綾優の体がますます熱くなる。秘所はトロトロに溶けて、滾る剛直が欲しくてたまらない。

「……はぁん……はぁっ……あ、や、そこぉ……」

「綾優、欲しい？」

意地悪な濱本はそう聞くけれど、綾優は空気を求めて喘ぐのみだ。

やがて、濱本の硬い体がのしかかってきた。綾優は両手を伸ばして首にしがみつく。ズブズブ……と、剛直が入ってきた途端に中が快感に震える。避妊具の隔たりがない交わりは、綾優の中に埋め込まれた剛直の存在をありありと感じられて、悦楽の度合いが違う。

「……あぁ……やぁ……ん、気持ちいい……っ！」

「俺も。綾優の中は……最高に気持ちいい……っ、はっ……」

自分の上で喘ぐ濱本を見上げて、綾優の胸がキュンと締め付けられる。その思いと同化して、綾優の中も剛直をきつく締め付けるのが分かる。打ち付ける腰を受け止めながら。綾優は悦楽の海に沈んでいった。

(もう夕方?)

寝室の中に、オレンジ色の光が差し込んでくる時間になって、綾優はやっと目覚めた。

温かい体に包まれて、少し微睡《まどろ》むつもりが、何時間も寝てしまったようだ。

「ん……」

濱本も目覚めて身じろぎをする。

「祐光さん、もう夕方みたい。病院から急患の電話はなかったのかしら?」

「あ、スマホをリビングに置きっぱなしだった」

「……うそっ」

青くなった綾優に濱本は笑って説明する。

「大丈夫だよ。携帯に出ない場合は、固定電話にかかってくるから」

ホッと安心する綾優に、なぜか濱本がクソ真面目な表情を向ける。

「それより、綾優」

「はい?」

「このメッシュのブラを付けた時は、薄い色の服は着るなよ」

「今日の来客は、吉川と……？」

「あ……」

「……と、上甲さんと、祐光さんのお友達と、宅配のお兄さんでした」

冷汗をかいて返事をすると、濱本は苦笑する。

「まったく。透けて見えていたかもしれないだろう？　これはもっとお仕置きが必要だな」

「えっ？」

慄く綾優に、濱本が妖しく微笑んだ。

「綾優、夕飯はいいから……」

エピローグ

濱本の、約半年に及ぶ『魂の伴侶』探しは終わりを告げた。

綾優を見初めて以来、腰を据えて気長に攻める予定だったが、短い期間で結婚にまでこぎつけて、濱本は幸せだった。そして自画自賛する。『俺、仕事早くない？』

自己満足に浸りながら、心の中で誓った。

綾優、愛しているよ。俺たち、幸せになろうな……。

あとがき

はじめまして！　または、こんにちは。連城寺のあです。このたびは、『恋なんかじゃない　極上ドクターの溺愛戦略』をお手に取っていただき、ありがとうございます。

ルネッタブックスさまが創刊されたのを知って、素敵だなと思っていたので、お声をかけていただきとても光栄でした。

今作のヒロインは、私たちの隣にもいそうな平凡でひたむきな女性です。そんな女性がハイスペックなドクターに求愛されて、戸惑いながらも次第に強く惹かれ、やがてハッピーエンドをむかえます。

癖のある脇役たちも多く登場しますが、悪役でさえも意外に可愛かったりと、まぁ……イイ奴ばかりです。

読まれた後に、楽しかったな～！　と感じていただけると、最高に幸せです。

表紙イラストを描いてくださったのは、芦原モカ先生です。繊細で素敵なイラストをいつも拝見していたので、担当さまから教えていただいた時には、おぉっ！　と声を上げてしまいました。

芦原モカ先生、ありがとうございました。

担当さまにも大変お世話になりました。少しばかりボンヤリしている私を引っ張ってくださり、本当にありがとうございました。

そして、読者の皆さま。この本をお手に取ってくださったことに、改めて感謝の気持ちをお伝えしたいです。

またいつか、お会いできる日を楽しみにしております。ありがとうございました。

令和三年七月三十一日　連城寺のあ

ルネッタブックス

恋なんかじゃない
極上ドクターの溺愛戦略

2021年9月25日　第1刷発行　定価はカバーに表示してあります

著　者　連城寺のあ　©NOA RENJOUJI 2021
発行人　鈴木幸辰
発行所　株式会社ハーパーコリンズ・ジャパン
東京都千代田区大手町 1-5-1
03-6269-2883（営業部）
0570-008091　（読者サービス係）

印刷・製本　中央精版印刷株式会社

ISBN978-4-596-01441-2